CALEBS ZEUGNIS

Ein Roman von

Helen Glowacki

Illustrationen von Ricky Davis
Aus dem Amerikanischen von Katharina Leipp
Umschlaggestaltung von dr Design and Associates

Romane von Helen Glowacki

When God Broke Grandma's Heart
When God Took Grandma Home
When Grandma Chased the Spirits
The Granddaughter and the Monkey Swing
Grandma's Little Book of Poetry: The Story of God's Plan of
Salvation
Abiding Faith, Hidden Treasure
And Then They Asked God
Caleb's Testimony

Why God Why Reihe von Helen Glowacki

To What Purpose?
Warum Gott, warum?
Why Trust Scripture?
What Should I Know About Life after Death And The
Coming Tribulation?
What Does God Want Me To Do RIGHT NOW?
Do Our Little Sins *Really* Count?

Weitere Sachbücher von Helen Glowacki

Politically Incorrect: The Get Some Gumption Handbook
When Enough is Enough
Overcoming Depression: How to be Happy
What No One Is Telling You about Addictions
****

Website der Autorin: www.Helenglowacki.com

Facebook: http://www.facebook.com/Seites/The-
Grandmother-Series/155300907853909?ref=ts

CALEBS ZEUGNIS

Ein Roman von

Helen Glowacki

Illustrationen von Ricky Davis
Aus dem Amerikanischen von Katharina Leipp
Umschlaggestaltung von dr Design and Associates

Copyright © Mai 2012 by Helen Glowacki
Amerikanische Originalausgabe: Caleb's Testimony
Library of Congress Control Number:
ISBN   Gebundene Ausgabe:
             Taschenbuch: ISBN   978-0-9890-2140-0-1
             Ebook:

Dieses Buch wurde in den Vereinigten Staaten von Amerika gedruckt. Als biblische Quelle wurde die King James Version (KJV) der Bibel, die in den Vereinigten Staaten Gemeingut ist, und die deutsche Übersetzung nach Martin Luther von 1984 herangezogen. Die Anwendung basiert auf der Meinung, Forschung und religiösen Überzeugung der Autorin.

Illustrationen von Ricky Davis, Nord Pretoria, Gauteng, Südafrika Umschlaggestaltung von Darren Robinson, dr Design & Associates, West Palm Beach, Florida, USA. Deutsche Übersetzung von Katharina Leipp, Mühlacker, Deutschland. Weitere Exemplare und Informationen sind unter www.Helenglowacki.com, Amazon.com oder per Email an Helen@helenglowacki.com erhältlich.

<u>**LEITMOTIV**</u>

Um Gott mit

unserer ganzen Stärke

und

unserem ganzen Herzen

zu dienen

Helen Glowacki

WIDMUNG

Dieses Buch ist Katharina Leipp gewidmet, deren fröhliches Wesen und liebende Unterstützung meiner Arbeit mein Herz wahrhaftig berührt hat. Obwohl sie weit entfernt in Deutschland lebt, ist Kathy zu einer besonderen Freundin geworden und dem besten "Fan", den man sich wünschen kann. Katharina hat die deutsche Übersetzung dieses Buchs erarbeitet, um uns bei unserem Streben zu unterstützen, auch außerhalb der Vereinigten Staaten Zeugnis zu bringen. Danke, Kathy, für Deine Unterstützung, für die Arbeit, die Du in diese Übersetzung gesteckt hast und für Dein schönes Vorbild einer wahren Freundschaft.

HINWEIS FÜR DEN LESER

Die Werke von Helen Glowacki sind Romane. Während einzelne Ereignisse in diesem Roman das Fachwissen und die Unterstützung einzelner Personen wiedergeben, dienen allgemeine Bezugnahmen auf reale Personen, Ereignisse, Organisationen oder Schauplätze nur der Authentizität und werden rein fiktiv verwendet. Alle Charaktere sowie alle Ereignisse und Dialoge entstammen der Fantasie der Schriftstellerin und sind nicht als real zu verstehen. Jegliche Ähnlichkeiten mit bestimmten lebenden oder verstorbenen Personen beruhen rein auf Zufälle.

Die Sachbücher von Helen Glowacki spiegeln die Meinung, Nachforschungen, religiösen Ansichten der Autorin und ihre Auslegung der Bibel wieder. Sie stellen daher keine Empfehlung von Würdenträgern, theologischen, medizinischen oder psychologischen Experten dar und dürfen folglich nicht als solche verwendet werden. Jegliche Verwendung oder Vervielfältigung dieses Buchs ist ohne die vorherige schriftliche Erlaubnis der Autorin nicht gestattet außer in Fällen der Zitierung in kritischen Berichten oder Rezensionen.

Die Bibelzitate entstammen der Bibel in der Übersetzung von Martin Luther in der revidierten Fassung von 1984.

<u>ANERKENNUNG</u>

Ein besonderer Dank geht an Dr. Richard Weiner für die Korrektur meiner medizinischen Beschreibung einer beidseitigen Knieoperation und die Anregung zu einer der Figuren. Danke an Kim Favole, RN, Thomas Jablonski, LPN, Sierra Harley, CNA, Valerie Evans, CNA, Suze Sulfradin, CNA, Josette Le blanc, CNA und allen Anderen bei Chatsworth @ PGA, die sich mit Herz, Liebe und Sachverstand Menschen, die sie brauchen, widmen. Danke an Dave Kashuba, dem Gründer von First Rehabilitation, und seinen Mitarbeitern Laurie, Debbie, Narkie, Diana, Pam, Geri, Jack und Hugh, die Erfahrungen im Bereich Rehabilitation mit eingebracht haben. Danke an Ricky Davis, Nord Pretoria, Gauteng, Südafrika für die Erlaubnis, seine wunderschönen Illustrationen an den Anfängen der Kapitel verwenden zu dürfen und an Darren Robinson, dr Design and Associates, West Palm Beach, Florida für die sorgfältige Zusammenstellung des Bucheinbands. Ich bedanke mich auch bei Katharina Leipp für die Übersetzung meines Buches ins Deutsche.

Ein besonderer Dank geht an meinen Ehemann Wally, der meine Arbeit stets unterstützt und dafür sorgt, dass sich mein Computer benimmt. Danke an meine Kinder und Enkel für die Beständigkeit ihrer Liebe und Ermutigung und Priester Herold Ambroise für seine eifrigen Gebete. Ein besonderer Dank geht an Richard Levinson, durch den ich einst die Möglichkeit bekam, meine schriftstellerischen Fähigkeiten zu entwickeln und an meine Glaubensgeschwister und Amtsträger für ihre freimütige Liebe und ihre Gebete und an meine Facebookfreunde, die ebenfalls für mich beten und mich in dieser Mission unterstützen.

Aber über allem möchte ich unserem himmlischen Vater für seine Inspiration, leitende Hand, seinen Schutz und seine endlose Liebe danken. Möge dieses Werk vor seinem Herzen Gefallen finden, und helfen die letzte Seele zu finden!

"Eins bitte ich vom Herrn,

das hätte ich gern:

dass ich im Hause des Herrn

bleiben möge

mein Leben lang,

zu schauen die schönen

Gottesdienste des Herrn und seinen

Tempel zu betrachten."

Psalm 27: 4

VORWORT DER AUTORIN

Viele von uns wünschen sich, dass Gott sich in einer klaren und eindeutigen Weise offenbart, die keinen Raum für Zweifel lässt. Vielleicht hat unser himmlischer Vater den gleichen Wunsch, aber wenn er diesen Wunsch erfüllen würde, könnte Satan ihn bezichtigen, den freien Willen der Menschen, mit dem sie zwischen Gut und Böse wählen und sich dadurch dafür entscheiden können, ihren Glauben zu entwickeln, zu beeinflussen und dadurch nicht die Gerechtigkeit zu erfüllen, nach der er entschieden hat zu arbeiten.

Deshalb wachsen wir durch unsere persönliche Entscheidung Gott zu folgen im Glauben und lernen dabei, dass er seine Kraft offenbart, indem er uns segnet und dadurch zeigt, dass er da ist. Leider suchen viele nicht nach diesem Segen und rechnen diese Erfahrungen vielleicht dem puren Zufall zu, statt sie als die göttlichen Eingriffe zu erkennen, die sie sind. Wenn wir aber *doch* nach dem Segen suchen, werden uns viele Ereignisse bewusst, durch die Gott wirkt und die schlicht keine Zufälle gewesen sein können. Wir sehen sie dann als eine Reihe von Umständen, die uns an ein bestimmtes Ziel gebracht haben. Wenn Gott uns segnet, so tut er dies oft durch Menschen, denen wir begegnen und deshalb sind unsere Begegnungen ebenfalls keine willkürlichen Zufälle.

Manche Menschen werden für uns zum Vorbild, das unsere Lebensrichtung beeinflusst, andere werden zu einer Inspiration, die uns durch die Stürme des Lebens führt und manche bauen uns wieder auf, wenn wir am Boden liegen. Andere können eine flüchtige Handreichung sein oder uns eine Fähigkeit eröffnen, die wir brauchen. Manche haben selbst einen starken oder auch gar keinen Glauben. Vielleicht haben sie uns gezeigt, wie wir in der Liebe und im Glauben wachsen oder eine größere Wertschätzung erlangen. Solche Begegnungen können unser Leben verändern oder uns einen sanften Schubs geben, dennoch resultieren sie aus einer geplanten und beabsichtigten Reihe von Ereignissen. Gott hat sie vielleicht in unser Leben gebracht, um uns zu geben, was wir brauchen und dadurch nutzt er unsere Umstände, um uns zu segnen.

Wenn wir mit diesem Bewusstsein auf unsere Erfahrungen zurückblicken, erkennen wir ein Muster, durch das unser Leben geformt und unsere Wege gelenkt wurden. Als solches angenommen und dadurch von einem spirituellen Standpunkt aus betrachtet, werden diese Menschen und

Ereignisse Teil unserer ganz persönlichen und besonderen Erfahrung, die unseren Glauben formt. Wir können sogar erkennen, wie *negative* Erfahrungen und Verbindungen ihren Teil dazu beitragen, unseren Weg zu leiten und unser Verständnis zu öffnen.

Durch diese Erfahrungen lernen wir, dass es Wert ist, gegen die Versuchungen des Bösen anzukämpfen, Gottes Wort zu lernen und uns für ein Leben nach seinen Geboten zu entscheiden. Während wir erfahren, was Gott mit uns vorhat ... und während wir nach seinem Segen suchen, erlauben wir ihm in unserem Herz und unserer Seele zu arbeiten, um uns erkennen zu helfen, wo wir uns ändern müssen und was wir noch zu lernen haben. Wenn wir erkennen, dass Gott mit uns ist, und darauf vertrauen, dass er selbst die verheerendsten Umstände in einen Segen wandeln wird, können wir unseren Herausforderungen mutiger begegnen.

Das passiert jedoch nicht über Nacht. Es ist ein langsamer Lernprozess, bei dem wir unsere persönliche Entscheidung treffen müssen, zu glauben und diesen Glauben, der für uns notwendig ist, um Gott völlig zu vertrauen, einzusetzen. Dieses Vertrauen stärkt unsere Entscheidung, Gottes Vorgaben zu folgen, wie sie in der Schrift beschrieben sind.

Es hilft uns zu erkennen, wann, wo und warum Gott uns segnet und wie wir ein Teil der Braut Christi werden können.

Wenn wir vor einem Problem stehen, ist es menschlich, verstehen zu wollen, was falsch gelaufen ist und zu überlegen, was wir tun sollen. Wir möchten eine fundierte und keine emotionale Entscheidung treffen. Da wir verstehen, dass Wissen zur Selbstbestimmung führt und uns hilft die richtigen Fragen zu stellen, versuchen wir oft durch Nachforschungen Antworten zu finden. Während jedoch Viele bei beunruhigenden Themen nach göttlicher Erkenntnis streben, suchen andere nicht nach Antworten in der Schrift und dadurch beschneiden sie ihr spirituelles Leben. In seiner Liebe für *alle* Menschen hilft Gott aber den Gläubigen genauso wie den Ungläubigen, um auch deren Herzen für seine Gegenwart und seine Liebe zu öffnen. Er möchte, dass wir *alle* seine Werke in unserem Leben bezeugen und uns in *allen* Dingen an ihn wenden. Wenn wir unser Herz aber nicht öffnen und die Segnungen nicht wahrnehmen, verpassen wir sie.

Interessanterweise belegen viele durchgeführte Studien, dass das Gebet eine unfassbar große Macht in sich trägt. Gebet ist eine Art Kommunikation. Es ist äußerst wichtig, dass wir uns in jeder Lebensphase richtig artikulieren können, dennoch haben viele leider ein Problem damit. Wenn wir das, was wir erleben, was unser Herz ängstigt, was uns wütend macht oder besorgt oder das, wofür wir dankbar sind, nicht ausdrücken können verpassen wir erneut eine Möglichkeit Segen zu empfangen!

Wenn wir uns aber bemühen unsere Gedanken und Bedenken ehrlich mit unserem himmlischen Vater zu teilen, und daran glauben, dass er unsere Ängste versteht, wird er uns helfen die Ängste zu lindern, er wird unserem Herz Frieden bringen, uns lehren und uns dadurch erneut segnen.

Kommunikation wird meist als ein Austausch von Worten beschrieben, aber wir kommunizieren auch bewusst und unbewusst auf andere Arten. Wir schicken vielleicht nur einen Gedanken an unseren himmlischen Vater, haben einen besonderen Gesichtsausdruck, den andere lesen können, verwenden in unseren Kurzmitteilungen Abkürzungen, verschränken die Arme, weichen vor jemandem zurück oder verwenden eine Zeichensprache zur Verständigung.

Kommunikation entsteht auch bei *Selbstgesprächen*. Wenn wir uns ängstigen oder freuen, wenn wir hungrig sind oder es uns kalt ist, wenn wir uns bewusst davon abhalten, etwas Verletzendes zu sagen oder den Drang verspüren, einer Gefahrensituation zu entfliehen, wenn wir in unserem Herz nach Gedanken und Verhaltensweisen suchen, die Gott missfallen, dann führen wir Selbstgespräche. Diese sehr notwendige, persönliche Kommunikation wird auch als 'Selbstbeobachtung' bezeichnet und ist oft durch den Heiligen Geist ausgelöst. Sie ist eine Form des Segens, den wir von Gott erhalten haben. Leider schreiben wir diesen Segen selten Gott zu, obwohl die Selbstbeobachtung unser geistige Entwicklung stark beeinflussen kann.

Es ist sehr wichtig, zu erkennen, dass ein Segen von Gott kein Geschenk ist. Ein Geschenk ist etwas, das wir behalten dürfen, während *ein Segen verloren gehen kann.* Die Schrift zeigt dies deutlich. Im Buch Hiob erfahren wir beispielsweise, dass Gott Hiob mit vielen Besitztümern gesegnet hatte, dennoch lies er es zu, dass er alles verlor. Ein anderes Beispiel ist Abraham, der aufgefordert wurde, seinen einzigen Sohn zu opfern, mit dem er gesegnet worden war, wodurch sein Glaube zum Schauen gebracht wurde. Daher sollten wir Gott im Gebet bitten, uns zu *helfen* seine Segnungen zu erkennen und zu schätzen und darum, dass wir verstehen, wie er mit uns spricht!

Wenn wir bemüht sind, unsere Beziehung zu Gott aufzubauen, sind wir auch bestrebt, mit ihm wie mit einem geliebten Menschen zu sprechen. Er wird unsere Bemühungen und unsere Not erkennen und uns geben, was für uns am Besten ist. Wenn wir aber nicht den Wunsch haben, mit Gott eng zu kommunizieren und diese Fähigkeit nicht entwickeln, können uns unsere Belange überwältigen und zu einer Depression und einem Gefühl der Hoffnungslosigkeit führen, dass unsere Kraft schwächt. Auch sind Worte, die unsere Gefühle beschreiben, oft unzureichend, wodurch ein passender Ausdruck fehlen kann. Während Gott unsere Gefühle kennt, versteht unser Umfeld sie oftmals nicht.

Wir nennen es erstaunlicherweise "gute Umgangsformen" wenn unsere Bezugspersonen sich gut ausdrücken können. Diese Eigenschaft schätzen wir. Wir vernachlässigen aber oft unsere eigenen "Umgangsformen" wenn wir mit anderen, mit Gott oder sogar mit uns selbst sprechen! Wenn Kommunikation ehrlich und mit offenem Herzen stattfindet, trägt sie zu einem besseren gegenseitigen Verständnis bei. Das hilft uns zu erkennen, an welchen Werten wir festhalten und worauf wir hoffen und dadurch kann Vertrauen entstehen. Wir entwickeln Vertrauen, wenn diejenigen, mit denen wir uns unterhalten, ein ehrliches

Interesse an unserem Wohlergehen haben und uns Herzenswärme gegenüberbringen. Wenn wir den ernstlichen Wunsch fühlen, dass man mit uns verbunden sein möchte und uns versteht, erfreut uns das Gespräch. Wir fragen uns aber nur selten, ob auch unsere eigenen Worte einem erfüllenden und guten Gespräch dienen und wie sie beim Anderen ankommen. Wir sollten deshalb unsere persönliche Kommunikationsfähigkeit sorgfältig in diesem Sinne analysieren. Wenn wir von einem Gespräch enttäuscht sind, lohnt es sich zu bedenken, dass wir vielleicht keine richtige Gesprächsebene angeboten haben, oder dass unsere Kommunikation so egoistisch war, dass kein besserer Austausch möglich war.

Gott segnet es, wenn wir unsere Gespräche auf diese Art prüfen, weil er weiß, dass wir daraus lernen können. Er weiß, dass Worte uns helfen *oder* verletzen können und, dass viele stärker daran zu arbeiten haben, eine Austauschebene zu entwickeln, die jedem zugutekommt und, die eine fördernde Kraft hat, statt neutral oder negativ zu sein. Unsere Worte mit Sorgfalt zu wählen und zu lernen, wie wir dadurch *Liebe* ausdrücken können, ist eine kostbare Fähigkeit und hilft uns beim Überwinden vieler Umstände. Während wir durch die Gespräche anderer beeinflusst werden, beeinflussen auch wir dadurch und Gott hilft uns gerne in unserem Bestreben. Ein Segen, den wir durch eine gute Kommunikation mit Gott haben, ist, dass sie uns hilft, auch mit anderen gut zu kommunizieren.

Durch eine gute Kommunikation, und wenn wir unseren Zustand durch unsere geistigen Augen sehen, statt mit der oftmals negativen Beschaffenheit unserer Lebensumstände, können wir eine Inspiration für andere werden. Das ist auch für unseren Geist aufbauend. Es ist unerlässlich, dass wir verstehen, dass ein *mangelhaftes* Gespräch das Vertrauenswachstum begrenzen kann. Wenn wir zu einem willigen und *arbeitenden* Teil einer gottgefälligen Interaktion werden, kann das Ängste lindern, Unstimmigkeiten heilen und Herz und Verstand entspannen lassen. Urteilen hemmt das Vertrauen. Liebe fördert durch ein ehrliches Interesse an der Familie des Anderen, dessen Sehnsucht, Belange, Talente und Hobbys dieses Vertrauen und teilt es gerne.

Gebet und Glaube verleihen unserem Austausch eine göttliche Dimension. Sie bringen uns den Segen, dass unser himmlischer Vater an unserer Seite ist und sich *ungeachtet* unserer Umstände um uns kümmert...deshalb kann nichts ohne sein Einverständnis passieren! Das gibt uns Mut, auch wenn wir entsetzliche Verhältnisse durchleben. Wenn wir unser Herz *dem Segen* des Lernprozesses öffnen, den Gott in allen Umständen bereithält, erlauben wir ihm, einen besseren Menschen aus uns zu machen. Wir erlangen ein größeres Verständnis für andere, mehr Wertschätzung für diejenigen, die uns helfen und eine größere Bereitschaft Gottes Willen für unser Leben zu akzeptieren.

Da Gott oft unsere Schwachheit durchleuchtet und uns dadurch lehrt, seine Hand in unserem Leben zu erkennen, wird unser Glaube gestärkt, auch wenn wir nicht sofort diese Resultate sehen. Gott kann unsere Verhältnisse in einen Segen wandeln, selbst wenn der Ausgang *nicht* der ist, den wir erhofft hatten. Sein Segen hilft uns *trotz* unserer Umstände Zufriedenheit zu finden, denn Gott möchte, dass wir in Zufriedenheit leben. Gott sieht *nicht* auf unsere Verfehlungen; er sieht in unser Herz. Er sucht nach unserem *Streben*, dem *Verlangen* das Richtige zu tun und nach unserem *Verlangen* zu lernen und ihm zu vertrauen. Er sieht alle Dinge...besonders die, die wir vor anderen verstecken wollen...manchmal auch vor uns selbst. Er versteht, die Gründe für unsere Gefühle und möchte uns zeigen, wie wir *ungeachtet unserer Verhältnisse* Frieden und Freude erlangen.

Gott hilft uns, damit wir erfahren, wie sehr er uns liebt. Durch seine Liebe lernen wir, andere wahrhaftig zu lieben. Die Liebe, die die Menschheit kennt, kann unbeständig und bedingt sein, während die Liebe Gottes fest, endlos und bedingungslos ist. Satan hingegen verbreitet Hass und möchte, dass wir wütend auf Gott sind und ihn beschuldigen, statt ihm zu vertrauen. Er möchte nicht, dass wir den Segen Gottes erkennen. Satan will unseren Glauben brechen, damit er sein Leben verlängern kann, indem er Gott davon abhält, gläubige Seelen für sein neues Königreich zu finden.

Manche verspotten Dinge, die den Glauben oder Religion betreffen, und betrachten die Schrift mit verschlossenem Geist und Herz. Doch Gott möchte *alle* Menschen retten und hat für jeden die gleichen Bedingungen geschaffen, der je danach gelebt hat oder gestorben ist. Gott möchte auch, dass alle Menschen in diesem Prozess Frieden und Glück erfahren, *unabhängig* von den Verhältnissen durch die sie gehen müssen und deshalb segnet er uns. Nach dem Segen Ausschau zu halten 'hilft' uns, Gott zu erkennen. Eine ehrliche Selbstkommunikation und eine tiefe Selbstbeobachtung werden uns helfen, die Mängel zu erkennen, die uns von der Fülle seiner Segnungen abhalten. Wenn wir somit in uns hineinhören und unser Herz für

Gottes Segenswunder öffnen, müssen wir nie Angst haben und können uns sicher sein, dass wir auf den Tag hinarbeiten, an dem der Herr wiederkommt.

Ohne Selbstbeobachtung und Selbstkommunikation können wir leicht der Selbstzufriedenheit verfallen. Diese Selbstzufriedenheit gaukelt uns vor, dass wir weder weiteren Korrekturen oder Verbesserungen benötigen, noch lernen müssen Gott und seinen Geboten zu folgen. Wir vergessen vielleicht, dass die Braut, die Gott für seinen Sohn sucht, perfekt sein und nach Perfektion streben muss, bis Christus zurückkehrt.

Die folgende Geschichte behandelt die Wichtigkeit Gottes Segen zu erkennen, auch wenn die zu durchlebenden Umstände, schrecklich sind. Es geht darum, wie unsere Nöte uns helfen, unsere wahre Herzens- und Seeleneinstellung zu erkennen und um die Schuld, die wir empfinden, wenn wir erkennen, dass wir nicht akzeptieren wollen, dass unsere Umstände von Gott zugelassen wurden oder zu einem bestimmten Grund dienen.

Ziel des Buchs ist es aufzuzeigen, wie und warum wir unseren Ängsten nachgeben und warum sie oft mit einem Verlust einhergehen. Der spirituelle Aspekt unseres tiefen Verlangens angesichts eines drohenden Verlustes an unserem materiellen Besitz festzuhalten, soll in Geschichtsform erklärt werden. Oft ahnen wir nicht, dass wir mit unserem Stolz an dem gehangen haben, was wir als unser Eigentum erachteten, und dass es uns wie dem reichen Mann, der von Christus aufgefordert wurde seine Reichtümer zu verlassen und ihm nachzufolgen, schwerfallen könnte, diese Dinge aufzugeben.

Diese Geschichte handelt von Caleb und den vielen Anfechtungen, die er erlebt. Diejenigen, die meine Bücher gelesen haben, erinnern sich, dass Caleb Sarahs älterer Bruder ist und aus einem gläubigen Haus kommt. Von ihm würden wir erwarten, dass er immer fest im Glauben steht und niemals wankt. Er ist ein aufrichtiger Mann; ein Mann der Stärke und Güte, aber auch er ist menschlich und kann seinen Sorgen und Ängsten erliegen. Sein Ringen zeigt, wie verheerend Gesundheitsprobleme sein können und wie Satan diese nutzt, um unsere Angst zu stärken und unseren Glauben zu schwächen. Calebs Kampf zeigt, wie Gott durch schwierige Bedingungen arbeitet, um uns zu lehren, die Achtsamkeit zu schaffen, dass alles was wir sind, und haben von ihm als Segen und *nicht als Geschenk* gegeben wurde.

Im Verlauf der Geschichte beginnt Caleb zu verstehen, dass ein Geschenk etwas ist, das man behalten darf, während man einen Segen verlieren kann. Es ist eine harte, aber für Caleb und seine Frau Ann notwendige Lektion, die ihnen hilft zu erkennen, wo sie ihr Leben ändern müssen, um würdig zu werden. Und durch ihre ehrliche Kommunikation und Selbstbeobachtung erkennen Ann und Caleb schlussendlich, wo es ihnen mangelt. Sie erkennen auch, dass sie das ohne diese schwierige Erfahrung nie erkannt hätten und dass sie dann vielleicht wie die fünf törichten Jungfrauen nie bereit gewesen wären für das Wiederkommen des Herrn.

In diesem Roman geht es auch um die Macht Satans und darum, warum er die Kinder Gottes angreift. Es geht um den spirituellen Krieg, der zwischen Gott und Satan existiert und um dessen Hintergründe. Es geht darum, dass wir lernen müssen, diese Angriffe zu erkennen, ihnen zu widerstehen und sie zu überwinden, um die Persönlichkeit zu werden, die Gott für uns vorgesehen hat. Es geht um die Bedeutung der Selbstbeobachtung wenn wir angegriffen werden und Schwieriges erleben...während wir mit Gott Zwiesprache halten.

Ich hoffe, dass Ihnen die Geschichte gefällt und dass sie zusammen mit Ann und Caleb lernen, dass Gott uns so sehr liebt, dass er uns auf viele Arten segnet und dass er uns durch Prüfungen und Versuchungen geduldig und liebevoll lehrt, wie wir alles werden, was wir sein können. Ich hoffe, dass sie diese Geschichte inspiriert. Sie fing mit Großmutter, der Heldin meines ersten Romans, an, die einen wunderbaren Glauben entwickelte. Ihre Kämpfe veranlassten sie, ein Glaubenserbe für ihre Enkelkinder zu hinterlassen, das noch viele weitere Generationen überdauern sollte. Obwohl meine Romane eine fortlaufende Saga sind, kann auch jedes Buch separat gelesen werden. Jedes Buch erzählt eine ganz eigene Geschichte, behandelt eine andere, menschliche Tragödie, beschreibt Gottes unfassbare Liebe für uns auf eigene Art und Weise und jedes Buch zeigt auf, wie die Heilige Schrift jeden Bedarf deckt.

Möge Gott Sie segnen und immer erhalten und möge er Ihr Herz mit dem Wunsch berühren, von ihm zu lernen und frei zu sein.

Helen Glowacki

"Und der Geist und die Braut sprechen:

Komm!

Und wer es hört, der spreche:

Komm!

Und wen dürstet, der komme;

und wer da will,

der nehme das Wasser des Lebens umsonst."

Offenbarung 22:17

Inhaltsverzeichnis

****

Auszug aus:

Der Herr ist mir

erschienen

von ferne:

Ich habe dich je und je

geliebt; darum habe ich

dich zu mir gezogen

aus lauter Güte."

Jeremia 31:3

Erstes Kapitel

EINE DENKWÜRDIGE NACHT

Ann stand an den Glasschiebetüren des Wohnzimmers und sah hinaus auf den lang gezogenen und mit schön getrimmten Büschen eingefassten Rasen. Es regnete so stark, dass sie kaum die Frühlingsblumen erkennen konnte, die sie kürzlich gepflanzt hatte. Sogar die Gartenlampen wurden von dem Regen beeinträchtigt und erleuchteten kaum noch den Weg, der sich um die Bepflanzungen schlängelte. Das natürliche Licht, welches normalerweise von der untergehenden Sonne ausgestrahlt worden wäre, war verschwunden, obwohl es erst kurz nach 19 Uhr war.

Caleb war wieder einmal spät dran. Er hatte zuvor angerufen. Er war soeben informiert worden, dass drei der vielen Paletten Dachmaterial, die just angeliefert worden waren, nicht zu dem anderen Material passten. Er sagte ihr, dass er sich entschieden hätte, den Fahrer anzurufen, um ihm die Möglichkeit zu geben, sofort umzukehren und den Fehler zu korrigieren. Er sei eh noch nicht weit entfernt und könnte dadurch einfach umdrehen. Das würde dem Fahrer den umfangreichen Papierkram ersparen, den eine Falschlieferung und eine gesonderte Abholung mit neuem Lieferdatum mit sich brachte. Dazu musste Caleb aber länger auf dem Bau bleiben.

Ann war sehr stolz auf Caleb. Er engagierte sich in der Arbeit und für seine Mitarbeiter und hatte ein hohes Maß an Aufrichtigkeit. Er war ein Mensch, der immer an andere dachte und immer bemüht war, den Arbeitsaufwand der anderen zu vereinfachen. Er wurde von seinen Männern hoch respektiert, weil sie sahen, dass er sich um ihr Wohlergehen sorgte. Er verlangte von keinem etwas, das er nicht selbst oder wo nötig mit ihnen zusammentun würde.

Ann wusste, dass seine Männer ihn liebten und hart arbeiteten, um die Ziele zu erreichen, die er für ihre Projekte steckte. Er zeigte auch gegenüber seinem Zuhause, seiner Familie, seinen Freunden und der Kirchenarbeit den gleichen Einsatz und die gleiche freudige Einstellung.

Caleb arbeitete zurzeit am Bau eines riesigen Einkaufszentrums. Es war sein bisher größtes Projekt und umfasste ein immenses Aufgabengebiet. Er lernte täglich etwas Neues, kam stets aufgeregt nach Hause und war angesichts der Herausforderungen, denen sie begegneten und dem, was sie leisteten, angefüllt mit großer Ehrfurcht. Ann musste sich oft das Lächeln verkneifen, das in ihr Gesicht zu huschen versuchte, während sie seine Begeisterung beobachtete. Seine Freude steckte auch sie an.

Dennoch war es für ihn zunächst keine einfache Entscheidung gewesen, den Auftrag anzunehmen. Er hatte sich sicherlich nicht ohne ausführliche Nachforschungen, viele Überlegungen und Gebete dazu entschieden. Die 'Was wenn' Gedanken hatten ihn geplagt, und auch wenn er bemüht war, seine Bedenken zu unterdrücken, so konnte er nicht aufhören, an die vielen Einzelpunkte zu denken, die zusammengefügt werden mussten, damit die Annahme des

Projekts für sie funktionierte. Eine Zeit lang sah es so aus, als ob sie nur noch über dieses Angebot sprachen.

Ann machte sich ebenfalls Gedanken über das Angebot und fragte sich, wie so ein großes Projekt überhaupt erfolgreich gesteuert werden könnte...vor allem zusätzlich zu Calebs anderen Aufgaben. Er verbrachte gerne Zeit mit der Familie, leitete sein eigenes Bauunternehmen, er engagierte sich in der Kirche und nun überlegte er auch noch, dieses große Einkaufszentrum zu der Aufgabenliste hinzuzufügen. Aber Ann kannte Caleb und verstand, dass diese Herausforderung nicht nur ein Karriereschub bedeutete, sie war für ihn auch reizvoll und lehrreich...und vorteilhaft für ihre Zukunft. Ann wusste, dass Caleb alles konnte, was er sich vornahm...mit Gottes Hilfe!

Das Einkaufszentrum sollte in jeder seiner fünf Ecken durch große Kaufhäuser verankert und jedes dieser Kaufhäuser durch eine Reihe kleinerer Einzelhandelsgeschäfte miteinander verbunden werden, die alle einen Kreis um das zentrale Foyer bilden würden, über welchem die Gastronomieebene thronen sollte. Die Decken waren so hoch, dass es aussah, als sollten sie Platz für vier oder fünf Stockwerke bieten, statt der offenbar zweistöckigen Gliederung.

Caleb hatte einen Satz Zeichnungen mit nach Hause bekommen, während er überlegte, ob er dieses Projekt annehmen sollte. Er überblickte die ersten Entwürfe und wurde mit jeder neuen Entdeckung aufgeregter! Er würde Ann rufen, um ihr zu zeigen, was er auf den Plänen entdeckt hatte und würde ihr begeistert die Bedeutung der Zeichnungen erklären. Angefangen bei den sichtbaren Stahlträgern, über die Wendeltreppe und die eleganten Aufzüge, bis hin zu den inneren Dachfassaden der Boutiquen und den noch vornehmeren Restaurants. Der Gedanke, dass er bei ihrer Entstehung helfen würde, begeisterte ihn. Ann konnte nicht anders als zu denken: *Was für eine wunderbare Gelegenheit wird das für ihn sein!* Aber dann dachte sie: *Wird er sich zu viel aufladen?*

Als sich aber eine Entscheidung abzeichnete, sinnierte Caleb ständig über das Für und Wider und manchmal fragte er Ann, warum er überhaupt glaubte, dass er so ein großes Projekt stemmen könnte...und noch dazu mit Menschen, die er kaum kannte. Er fragte sich, warum sie ausgerechnet ihn für dieses Projekt ausgesucht hatten, statt eines großen Unternehmens. Aber dann sprach er wieder von den Chancen, die sich ihm boten, der Erfahrung, die er sammeln könnte und dem Bekanntheitsgrad, den sein Geschäft dadurch erlangen würde.

Nach den ganzen Gesprächen hatten er und Ann gebetet und Gott darum gebeten, ihren Weg zu führen und nur das zuzulassen, was Gott für Caleb...Ann...und für die Familie vorgesehen hatte. Er hatte Gott von seiner Recherche erzählt, wie er mit Ann darüber gesprochen hatte und wie er sein Problem mit seinem Priester geteilt hatte. Ja er hatte sogar ein separates Opfergeld gespendet, um die richtige Entscheidung treffen zu können und den Segen zu empfangen, den sie für diese Mammutaufgabe sicherlich benötigen würden.

Aus praktischer Sicht hatte er über die anderen, mit diesem Großprojekt verbundenen Menschen nachgedacht. Er hatte viele der Partner des Großunternehmens getroffen, welches auf den Bau und die Verwaltung von Einkaufszentren, die dem ähnelten, an dem er mitarbeiten sollte, im ganzen Land spezialisiert war. Er mochte sie. Auch Ann hatte sie kennengelernt und beide empfanden die Männer als recht bodenständig, sachlich und nach Fakten strebend. Ihr Ziel war es, eine wichtige Organisation aufzubauen, die der Gemeinschaft dienen sollte. Sie schienen auch aufrichtig...und gläubig...zu sein, was für Caleb schlussendlich den Ausschlag gab, den Auftrag anzunehmen und Ann stimmte zu.

Während Ann nun am Fenster stand und zusah, wie die Blitze den vom Wind getriebenen Regen erleuchteten, erinnerte sie sich, dass Caleb bereits vor fast zwei Jahren erfahren hatte, dass am Stadtrand ein Einkaufszentrum entstehen sollte. *Wie konnten diese zwei Jahre nur so schnell vergehen,* überlegte sie? *War es wirklich schon so lange her?*

Caleb war von einem der Anwälte angesprochen worden, die für das große internationale Unternehmen tätig waren, welches sich auf den Bau und die Verwaltung von großen Einkaufszentren spezialisiert hatte. Der Anwalt erklärte, dass das Unternehmen aus einer Schar Investoren, angestellter Rechtsanwälte, Buchhalter und Architekten bestand, welche die Grundlage für ihre Tätigkeiten schaffen würden. Sie waren auf der Suche nach jemandem für ihr Team, der aus der Gegend kam. Jemanden der die Stadt und die Menschen sowie deren Hoffnungen und Träume, Lebenswünsche und die Sorgen um das Wachstum der Region verstand.

Sie hatten Caleb versichert, dass die Buchhalter der Firma exakt ausgerechnet hätten, welche Kosten entstünden, welcher Gewinn zu erwarten sei und wie lange es von den genehmigten Entwürfen bis zur Eröffnung dauern würde.

Die Rechtsanwälte würden die Unmenge an Verträgen aufsetzen, die sie benötigten, und würden sich um alle rechtlichen Belange kümmern, die entstehen könnten. Die Architekten würden die zur Genehmigung und Bauzustandsbesichtigung notwendigen Blaupausen erarbeiten. Caleb war gleichermaßen beeindruckt und eingeschüchtert gewesen.

Caleb war selbst Architekt und als Bauunternehmer auf kundenspezifische Anforderungen spezialisiert. Seine ausgezeichnete Arbeit genoss einen hervorragenden Ruf, wodurch sein Geschäft florierte. Er konnte die Raten für das Haus, das er seiner Familie gebaut hatte, abzahlen und ein Sparkonto eröffnen. Er war zufrieden gewesen, bis ein Wirtschaftsabschwung hereinbrach und völlig unangebrachte und verteufelt teure Bestimmungen gültig wurden.

Alles, was er je gebaut hatte, entsprach einem sehr hohen Niveau, das weit über dem vorgeschriebenen Standard lag. Aber diese kürzlich neu erschienenen Bestimmungen, schienen wenig mit Standard zu tun zu haben sondern eher mit Gebühren, Geldstrafen und Papierkram. Zudem betrafen sie einige sehr dumme und meist überflüssige Anforderungen.

CALEBS ZEUGNIS

Tatsächlich war Caleb von der Fülle der neuen Bestimmungen überwältigt gewesen und von der Zeit und Mühe, die es kostete, sie zu lesen und zu verstehen. Er bemängelte, wie viele Unterlagen diese Bestimmungen verlangten und der dazugehörige Zeitaufwand frustrierte ihn. Als Ann angefangen hatte, sich darum zu kümmern, und ihn auf dem neuesten Stand der Anforderungen zu halten, war er erleichtert gewesen. Caleb war ihr für ihre Hilfe und ihre Art komplexe Dinge einfach auszudrücken so dankbar und Ann genoss die neu gefundene Möglichkeit, ihm zu helfen.

Durch den fortschreitenden Abschwung waren die Aufträge für Renovierungen gewachsen und die Bauaufträge, die Caleb so liebte, zurückgegangen, aber dennoch verdienten sie genug, um den Bedarf der Familie zu decken und sie waren Gott dankbar, dass er für sie sorgte.

Als dieses neue Angebot kam, besprachen Caleb und Ann die Vor- und Nachteile, wenn Caleb die Neuaufträge seiner eigenen Firma an sein Team übertragen würde, um sich ganz dem Einkaufszentrum widmen zu können. Durch den großen Projektumfang befassten sie sich auch damit, dass die Angebotsannahme die Zeit, die sie als Familie hatten, ebenfalls reduzieren würde. Trotzdem war es für ihn eine ausgezeichnete Möglichkeit, zu lernen und zu wachsen. Schlussendlich, nach vielen Gebeten und Gesprächen entschieden sie sich das Angebot anzunehmen. Caleb wurde zu der lokalen Verbindungsperson für das Einkaufszentrum, die die Arbeiten überwachte und, das Projekt auf Kurs hielt.

Ein gigantischer und sehr naher Blitz riss Ann aus ihren Gedanken an vergangene Zeiten und brachte sie zurück zu ihrer Sorge um Calebs Verbleib. Sie fragte sich, ob er noch immer auf der Baustelle war oder bereits auf dem Weg nach Hause. Der Regen ergoss sich in Kübeln, Donner und Blitz wuchsen so gewaltig an, dass sie trotz der überdachten Terrasse vor der Tür, an welcher sie getrennt von dem Unwetter stand, zurückwich, aus Angst, die Blitze könnten ihr zu nahe kommen.

Ann lief in das Herzstück des Hauses zurück und sah nach dem Abendessen, dass sie für Caleb aufgehoben hatte. Andrew und Lorraine spielten eins ihrer Buchstabierspiele, die sie zu Weihnachten bekommen hatten und beachteten das Wetter nicht. Andrew, geboren im August 2006, war fast sechs Jahre alt und Lorraine, die im November 2008 geboren war, etwas über dreieinhalb Jahre alt. Beide liebten es 'Schule' zu spielen und teilten sich die Aufgaben des

'Lehrers'. Es war erstaunlich, dass Lorraine sich von Andrew beim Buchstabieren nicht so leicht unterkriegen zu lassen schien, obwohl sie noch so klein war!

Die Kinder lagen ausgestreckt auf ihren Bäuchen vor der riesigen Steinfront des Kamins, der die komplette Wand des zweistöckigen Wohnzimmers einnahm. Sie hatten das Buchstabierspiel vor sich gestellt, und wenn einer von ihnen einen Buchstabierfehler machte, rollte sich der andere auf dem, hochflorigen Orientteppich unter Gelächter vom Bauch auf den Rücken, der den dunkel gebeizten Hartholzboden bedeckte. Ann lächelte fröhlich, als sie die Kinder beobachtete. Sie dankte Gott für den großen Segen in ihren Kindern. Sie erkannte auch dankbar den Segen, den sie alle in Caleb hatten, der Gott von ganzem Herzen liebte und seiner Familie durch seine liebenden Worte und Taten ein Vorbild war. Caleb war der ganzen Familie ein wunderbares Beispiel und Ann fühlte sich so gesegnet, dass sie und die Kinder so einen besonderen Ehemann und Vater hatten.

Sie und Caleb hatten ihr Haus selbst entworfen. Es war so gebaut und geplant, dass es ausreichend Platz für Familientreffen bot. Sie hatten darauf geachtet, dass sich die Küche zum riesigen Wohn- und Essbereich hin öffnete, sodass diejenigen, die kochten, trotzdem an den Gesprächen in diesen Räumen teilhaben konnten. Eine Wand des Wohnzimmers bestand aus dunkel gebeizten Glasflügeltüren im französischen Stil, durch die man über die überdachte Terrasse hinweg in den Garten blicken konnte. Die Besonderheit der Türen lag darin, dass sie außer Sicht geschoben werden konnten, wodurch Wohnraum und Außenanlage miteinander verschmolzen. Die hohen Decken in Küche, Wohn- und Essbereich, erzeugten ein luftiges Ambiente, weil sie der massiven Steinwand des Kamins schmeichelten. Die dunklen Balken an der hohen Decke griffen die Farbe des Holzbodens auf. Der Raum fasste durch das große, massive Steinsims des Kamins, der die ganze Wand einnahm, eine große Anzahl an Leuten. Die Bank am Kamin war mit Kissen dekoriert worden, welche zu den Sitzen der Esszimmerstühle den Bordüren am Volant über den Türen und Fenstern und auch an zwei der Lehnstühle im Wohnzimmer passten. Somit waren die Stoffe und Hölzer im ganzen Raum farblich abgestimmt.

Familientreffen machten sehr viel Spaß. Alle mochten Gesellschaftsspiele, von denen viele Bibelquizze oder Scharaden waren. Andere Spiele waren einfach nur albern, machten aber so viel Spaß, dass die alle zusammen lachen mussten...und alle mochten diese Spiele, weil Kinder und Erwachsene gleichermaßen mitspielen konnten. Die vielen Sitzbereiche ermöglichten ein nahes Beieinandersein in einer großen Gruppe, zu der sich auch die Kinder gesellen konnten. Der Raum eröffnete aber auch viele kleine Ecken, in denen die Kinder ein anderes Spiel spielen konnten. Die Familie schätzte die gemeinsame Zeit und wechselte sich monatlich bei der Ausrichtung der Familientreffen ab. Sie kochten zusammen und scherzten über viele der Rollenwechsel, die in der Gruppe stattgefunden hatten, als z. B. ein Mann einen Kuchen verzieren und eine Frau einen Braten aufschneiden musste.

Sie teilten Freud und Leid. Sie beteten füreinander und erfreuten sich an ihrem gemeinsamen Glauben. Sie strebten danach, füreinander und ihre Kinder gute Freunde und Vorbilder zu sein. Sie hatten stets offene Herzen und Türen für alle Kirchenmitglieder und jeden, der ihnen begegnete und, der ihre Herzen berührte oder bedürftig zu sein schien. Durch diese Bemühungen wuchs ihr Familienkreis, ihre Freundschaften vertieften sich und ihr Glaube wurde fest wie ein Felsen.

Ann erinnerte sich an eines ihrer ergreifendsten Glaubenserlebnisse, als ihre Tochter Lorraine geboren worden war und sie erfuhren, dass sie einen Herzfehler hatte, der operativ korrigiert werden musste. Sie kam im Februar 2009, als sie gerade zwei Monate alt war, ins Krankenhaus, um den Herzfehler zu korrigieren. Es war schwer gewesen und brauchte Zeit, aber schlussendlich kam Lorraine durch und sie alle dankten Gott für seine liebende Hilfe.

Aber Lorraine musste im selben Jahr, im späten September, wieder ins Krankenhaus. Sie hatte Fieber bekommen und der Arzt hatte Angst, dass ihr Herz Schaden nehmen könnte. Im Wartezimmer sitzend, erinnerte er sich, dass er eine Nachricht ihres Familienanwalts erhalten hatte, dass Calebs Großmutter vor ihrem Tod jedem Familienmitglied einen Brief hinterlassen hatte. Der Rechtsanwalt erklärte, dass Großmutter ihn angewiesen hatte, die Briefe aufzubewahren, bis ein familiärer Notfall eintreten würde. Deshalb hatte er Caleb die Briefe gegeben, als er von Lorraines Herzoperation hörte. Aber weil der Rechtsanwalt Caleb über die Bedingung seiner Großmutter, die Briefe nur im Notfall zu übergeben, informiert hatte, und Lorraine sich *bereits* auf dem Weg der Besserung befand, entschied sich Caleb, die Briefe in seinem Tresor aufzubewahren, bis er sich *sicher* war, dass nun der richtige Zeitpunkt gekommen sei.

Da Lorraines Leben nun in diesem September aber erneut in Gefahr war, befand Caleb, dass jetzt der Zeitpunkt gekommen war, um seinen Brief zu fordern. Er wusste, dass er, sobald er seinen Brief gelesen hatte, wissen würde, ob er seinen Geschwistern ihre Briefe aushändigen sollte. Eilig entschied sich Caleb das Krankenhaus zu verlassen, um seinen Brief zu holen und dessen Inhalt mit Ann zu teilen. Etwas in seinem Herzen sagte ihm, dass er und Ann Großmutters Brief sofort lesen müssten. Caleb verlies das Wartezimmer, war aber in Rekordzeit zurück. Als Ann und Caleb den Brief lasen, während sie auf den Arzt warteten, der mit ihnen über Lorraine sprechen sollte, half ihnen das Wunder, das sie in Großmutters Worten sahen, trotz des Schattens des Zweifels, die Zuversicht zu schöpfen, dass Lorraine durchkommen würde, dass Gott bei ihnen war, sie zu trösten, sie wissen zu lassen, mit welcher Sorgfalt er sich um sie kümmerte. In jener Nacht, als sie im kalten, eintönigen Wartezimmer saßen und den Brief lasen, den Großmutter ihnen lange vor ihrem Tod geschrieben und so akribisch geplant hatte, dass er nach so vielen Jahren auch ankommen würde, erhob sich ihr Glaube und ihre Ehrfurcht für die Liebe, die Gott ihnen gegenüber hatte! Später erfuhren sie, dass auch Großmutters andere Briefe persönliche Glaubenswunder für alle gewesen waren.

Großmutter hatte für jedes Paar einen oder mehrere Bibelverse herausgesucht. Sie hatte geschrieben, dass diese Worte sie stärken sollten, um das durchzustehen, was sie gerade jetzt, als sie den Brief lasen, durchmachten. Sie hatte die Briefe dreieinhalb Jahre vor ihrem Tod geschrieben und sie ihrem Rechtsanwalt mit der Anweisung übergeben, Caleb die Briefe auszuhändigen, wenn die Familie schwierige Zeiten durchmachte. Somit entschied sich der Rechtanwalt, als er von Lorraines bevorstehender Operation erfuhr, dass dies nun die 'schwierigen Zeiten' seien, von der Großmutter gesprochen hatte. Caleb jedoch hatte sich damals entschieden seinen Brief zurückzuhalten, weil Lorraine bereits über dem Berg war. Aber nun...mit einer zweiten Sorge um Lorraines Wohlergehen, spürte Caleb, dass es nun an der Zeit war, die Briefe zu öffnen.

Caleb las den Brief, der an ihn und Ann gerichtet war, laut vor und beide waren erstaunt in Großmutters eleganter Handschrift von einst, den Bibelvers aus 2. Moses 33:22 zu lesen, dessen Inhalt plötzlich zum Wunder wurde. Hier stand: *"Ich will dich in die Felskluft stellen und meine Hand über dir halten."*

Caleb hatte den Brief laut vorgelesen und ihn dann Ann gegeben, damit sie ihn auch anschauen konnte. Sie sahen sich ehrfürchtig an und riefen: "Das ist erstaunlich. Gott hat zu uns gesprochen und uns getröstet! Lorraine wird es schaffen!" Das Wunder, das sie darin sahen, war, dass der Name des Krankenhauses, in dem sie saßen und in welchem Lorraine um ihr Leben kämpfte das Rockclift, also Felskluft, General Hospital war. Das Krankenhaus war erst nach Großmutters Tod erbaut und benannt worden! Wie hätte sie auch wissen können, dass einer von ihnen in einer Notlage sein würde? Deshalb war das nur an sie gerichtete Wort mit Sicherheit göttlich inspiriert! Von diesem Moment an wussten sie, dass Lorraine durchkommen würde und dass Gott ihnen, durch das was Großmutter vor vielen Jahren geschrieben hatte, sagte, dass er sie liebte und sich noch immer um sie kümmerte! Es waren Erfahrungen wie diese, die ihren Glauben so stark werden lies...und wie Großmutter es sie gelehrt hatte...ließen sie diese Ereignisse *als Tatsachen* in ihren Herzen leben und nicht als Zufälle, was Gottes Herz berührte. *"Sucht nach dem Segen"*, würde Großmutter sagen, *"und ihr werdet ihn finden."*

Später, als sie die Briefe, die Großmutter für die anderen geschrieben hatte, übergaben und den Inhalt teilten, brachen alle in Tränen des Erstaunens und der Dankbarkeit aus. Caleb hatte die Familie zu sich nach Hause eingeladen, um die Briefe zu verteilen und ihnen zu erklären, unter welchen Umständen er sie erhalten hatte und wann sie zu öffnen seien. Alle entschieden sich, ihre Briefe sofort zu lesen und die Sorgen, die sie zurzeit umtrieben mit den anderen zu teilen. Als alle ihre Briefe gelesen hatten und sahen, wie Großmutters Worte perfekt in ihre aktuelle Lebenssituation passten, erkannten sie, dass Gott dieses Wunder durch Großmutter bewirkt hatte, um ihren Glauben zu stärken.

Als Ann sich an dieses Erlebnis erinnerte, fühlte sie sich besser. Sie war nun weniger besorgt darüber, dass Caleb bei so einem Unwetter noch draußen war. Aber gerade, als es so aussah, als könne sie ihre Ängste beiseiteschieben, zuckte ein weiterer Blitz vom Himmel und schlug in den Hinterhof. Sie hörte und sah, wie ein gewaltiger Ast von einem der Bäume im Hof brach und zu Boden knallte. Sie war erleichtert, dass der Baum weit entfernt gestanden hatte und das Haus nicht getroffen hatte. Sie war wieder besorgt, auch wenn Gott sich immer um sie kümmerte, so gab es dennoch keine Garantie dafür, dass ihr Glaube nicht doch durch das Erleben schwieriger Zeiten geprüft werden sollte. Das Leben war hart, es war ein Versuchsgelände, auf dem die Kinder Gottes mit vielen Schwierigkeiten und Turbulenzen konfrontiert wurden, während sie sich dem Himmel und einer ewigen Zukunft mit Gott zuwandten. Satan wollte ihren Glauben brechen, um Gott davon abzuhalten, die Anzahl an gläubigen Seelen zu bekommen, die er für sein neues Königreich wollte.

Ann versammelte die Kinder um sich und fragte sie, ob sie mit ihr beten wollten. "Papa braucht den Engelschutz genauso wie wir, deshalb lasst uns Gott bitten, dass er ihn und seinen Wagen mit Engeln umgibt, während er nach Hause fährt!" Sie beugten ihre Köpfe und knieten um den großen Polsterhocker am Kamin und jeder betete, dass Gott nach Caleb sehen und seine Engel senden würde, um ihn zu schützen. Sie dankten ihrem himmlischen Vater für seine Liebe und Standhaftigkeit trotz ihrer Fehler und Verfehlungen und baten ihn, ihnen zu helfen Überwinder und würdig zu werden, um mit Christus gehen zu können, wenn dieser wiederkommen würde, um seine Braut zu holen. Sie beendeten ihr Gebet mit der Bitte, Gott möge seinen Sohn bald zur ersten Auferstehung senden, wo die Gläubigen endlich wieder mit Jesus vereint werden. Ann half den Kindern, ihr Spiel aufzuräumen und bettfertig zu werden. Wie immer wurden sie erstaunlich lebhaft, bevor es ins Bett ging und nachdem sie gebadet und umgezogen waren, sprangen sie fröhlich auf Lorraines Bett und schlugen ein paar Purzelbäume, bevor sie sich endlich niederließen, um ihr Nachtgebet zu sprechen. Sie beteten am Bettrand von Lorraines Bett, und als jeder sein Gebet beendet hatte, deckten Andrew und Ann Lorraine zu und gaben ihr einen Kuss, bevor sie weiter in Andrews Zimmer liefen. Ann deckte Andrew zu, gab ihm einen Kuss und ging zurück ins Wohnzimmer.

Als sie wieder aus der Glastür in den Garten schaute, sah Ann, dass der Regen noch immer zu Boden peitschte, aber das Gewitter schien weitergezogen zu sein. Sie konnte noch das Wetterleuchten sehen, hörte aber keinen Donner mehr. Sie ging zurück zum Kamin, setzte sich in den Ledersessel und versuchte zu lesen. Aber ihre Gedanken kreisten darum, was Caleb abhielt, heimzukommen und um das schlechte Wetter. *Warum hatte er nicht mehr angerufen, als er merkte, dass er später nach Hause kommen würde, als gedacht?*

"Beschütze ihn Herr", sagte sie leise. *"Bitte beschütze ihn."*

Zweites Kapitel

WENN ALLES SCHIEFGEHT

Als Caleb an jenem Morgen zur Arbeit fuhr, hatte ihn das schöne Wetter beflügelt. Die Luft war prickelnd und trocken, die Sonne warm und hell und der Himmel erstrahlte in einem unglaublichen Blau mit großen, bauschigen weißen Wolken, die faul darüber hinwegzogen. Caleb liebte dieses Wetter und brachte an Tagen, wie diesen, oft mehr fertig als erwartet. Es gab genügend Tage, an denen die Männer unter weniger günstigen Bedingungen arbeiten mussten. Am schlimmsten waren starke Winde und Schlagregen. Deshalb wusste er, als er auf die Baustelle einbog, dass die Männer in freudiger Erwartung des guten Tages gerade lächelnd ihren Morgenkaffee trinken würden.

Caleb erwartete eine Lieferung Dachmaterial, welches direkt vom LKW auf das Dach gezogen werden sollte. Er wollte, dass das Material auf dem Dach sicher und ordnungsgemäß platziert wurde. Die Lieferung sollte komplett sein, er wollte nur ungern eine weitere Lieferung anfordern. Es war sehr mühselig, wenn das was bestellt worden war, nicht mit der gelieferten Ware übereinstimmte...oder nur eine Teillieferung ankam. *Viel zusätzliche Zeit, Mehraufwand und...Papierkram,* dachte er. Er entschied sich etwaigen Problemen zuvorzukommen, indem er den für das Dach zuständigen Vorarbeiter bat, die Paletten sorgfältig zu prüfen, bevor die Bestellung angenommen wurde.

Als er die um den Kaffeewagen versammelten Männer erreichte, von denen die meisten bereits eine dampfende Tasse Kaffee in der Hand hielten, spürte er ihr Interesse an dem, was Keith ihnen sagte. Keith wurde liebevoll als 'Prediger' bezeichnet. Viele der Männer hatten Spitznamen von ihren Kollegen erhalten...meist aufgrund einer bestimmten Angewohnheit oder Vorliebe. Prediger erzählte gerade von dem Kirchenmagazin 'Unsere Familie', das er gerade gelesen hatte und speziell von einem Artikel, auf den er aufmerksam geworden war. Er zielte seine Bemerkungen gegen Joe, der Keiths Anmerkungen grundsätzlich infrage stellte: "Hey Joe, wusstest Du, dass uns die Schrift über einen immerwährenden Krieg zwischen Gott und Satan berichtet und dass es dabei um uns geht? Satan ist froh und munter, er agiert in unserem Leben, um unseren Glauben zu brechen, indem er unseren Körper und unseren Geist angreift. Er kann auch unser Selbstwertgefühl angreifen, um unseren Glauben zu brechen oder uns gleichgültig werden lassen, damit wir keinen Glauben entwickeln. Das gelingt ihm am besten, wenn wir uns über sein Tun nicht bewusst sind. Er will nicht, dass wir das lernen, was Gott uns durch die Schrift zeigt. Er möchte, dass wir in einem Zustand der Unkenntnis leben, und sterben. Er will nicht, dass wir wissen, dass unsere Ängste und Sorgen, Beklemmungen und Hoffnungslosigkeit in seine Gefangenschaft bringen und uns von dem Wunsch nahe bei Gott zu sein entfernen und schlimmer noch, er raubt uns die Fähigkeit, Gott zu vertrauen."

"Komm schon, Du Prediger!", antwortete Joe. "Du glaubst doch wohl nicht wirklich, dass da draußen eine bösartige Elfe in einem roten Anzug rum rennt, die versucht uns zu verletzen, oder? Ich meine...werd' doch mal vernünftig!" Und Joe fing lachend an, mit einer Forke herumzutänzeln und so zu tun, als ob er jeden den bösen Blick angedeihen lassen wollte.

"Doch, das tue ich!", sagte Prediger. "Und Du solltest das auch! Das Böse ist sehr gefährlich, Joe, und keiner ist dagegen immun, nicht mal Du, deshalb sei lieber vorsichtig mit dem, was Du sagst und tust."

"Ah, na klar!", witzelte Joe, während er die Muskeln in seinem Arm anspannte. "Ich bin ein ganz schön starker Kerl und könnte es vielleicht mit ihm aufnehmen! 'Hey du böses Etwas im roten Anzug, willst du mit mir Armdrücken?'"

Die Männer lachten nervös, weil sie - gläubig oder nicht - zögerten mit etwas zu spaßen, was eventuell sehr gefährlich sein könnte.

"Seit vorsichtig mit dem was ihr auf Euch heraufbeschwört, oh Ihr Kleingläubigen", lachte Prediger gut gelaunt. Aber trotz seines gutmütigen Verhaltens war er, als er zurück zu seiner Arbeit lief, enttäuscht, dass die anderen Männer, von denen er wusste, dass einige gläubig waren, ihm nicht den Rücken gestärkt hatten.

Was Prediger nicht bemerkte, war, dass sich einige Männer sehr unwohl gefühlt hatten und sich fragten, ob Prediger eventuell recht damit hatte, Joe davor zu warnen Satan herauszufordern. Andere lachten einfach. Und weil das Gespräch so unangenehm geworden war, brachen sie in kleinere Gruppen auf und gingen zurück an ihre Arbeit.

Caleb hätte Prediger den Rücken gestärkt, er war aber erst angekommen, als sich das Gespräch dem Ende neigte und er hatte die Herausforderung nicht ganz verstanden. Als die Gruppe sich auflöste, bestellte sich Caleb ebenfalls einen Kaffee und trug seine Tasse in den Bauwagen, der ihm als scin Büro diente. Er wollte sich auf die Dinge konzentrieren, von denen er wusste, dass er sie an diesem Tag zu bewältigen hatte.

Obwohl er sich auf seine Arbeitsliste konzentrieren wollte, wanderten seine Gedanken zurück zu dem, was Prediger über die Gefahr gesagt hatte, die darin lag, wenn Joe Satan herausforderte. Caleb wusste, dass Satan gefährlich und weitaus stärker als der Mensch war. Aber er wusste auch, dass Gott stärker als Satan war und mit dem Schutz Gottes konnte sich sogar der Kummer, den Satan den Menschen bringen durfte, in einen Segen wandeln.

Angcfüllt mit einer Unzahl Fragen, als er in den Bauwagen stieg und folglich für seine Männer ansprechbar wurde, vergas er seine Bedenken und fing an den Arbeitsplan zu formulieren. Er informierte seine Männer, dass das Dachmaterial an diesem Tag geliefert werden würde und dass es direkt vom LKW aus auf das Dach gezogen werden musste. Er öffnete die Zeichnungen des Gebäudes, um ihnen zu zeigen, wo er den LKW und das Material hinbefördert haben wollte.

"Der große Puffer Granitfelsen, den wir für den Untergrund des Dachgesims brauchen, wurde gestern geliefert. Wir haben ihn hier auf der Nordseite nahe dem Fundament abladen lassen. Wir haben immer noch Probleme mit dem Matsch in diesem Bereich, deshalb lasst uns den LKW auf die Südseite leiten, wo das Land vom Gebäude abfällt und damit der Regen, den wir heute noch bekommen könnten, abfliesen kann. Das ermöglicht dem LKW den bestmöglichen Zugang zu der Stelle, an der wir die Paletten benötigen. Ist das für alle so in Ordnung? Noch Fragen? Probleme?"

Während die Männer sich zum Gehen umdrehten, fügte Caleb hinzu: "Jeder von euch ist letztlich für seine Männer verantwortlich. Ihr müsst immer die Gefahren, die Arbeitsbelastung und die Dinge, die um euch herum passieren, bewerten, damit wir alle sicher arbeiten können." Und dann fragte er sich, warum er das gesagt hatte und ob Predigers Worte eine Art Omen waren oder ob nicht.

Komm schon Caleb, sagte er zu sich, *warum so mürrisch...auf geht's...heute ist ein schöner Tag! Gott weiß, wie gewaltig Satan ist und so lange wir versuchen Überwinder zu sein und unser Bestes tun, wird er uns helfen.*

Während der Tag mit perfektem Wetter begonnen hatte, zogen die Wolken am Nachmittag immer mehr zu. Wind kam auf und schlussendlich fing es an zu regnen. Caleb sorgte sich um die Lieferung des Dachmaterials, darüber, ob der Schlamm den LKW wohl behindern, und ob der Regen ihr Sichtfeld einschränken würde. Er sorgte sich auch darüber, wie sicher es für den Autokran wäre, die Paletten vom LKW aus vier Stockwerke hoch auf das Dach zu ziehen, während es regnete...und vermutlich auch noch stark windete. *Der Fahrer wird es schon wissen,* sagte sich Caleb *er wird keinen Unfall riskieren.*

Kurz darauf kam der LKW und trotz Regen und Wind lief die Überführung gut. Während der LKW Fahrer seine Materialien auf das Dach zog, wurde jede Palette von Calebs Männern gegen den Wind und den Regen gesichert. Sobald die Paletten am richtigen Ort waren und der Vorarbeiter die Anzahl der bestellten Paletten bestätigt hatte, fuhr der Fahrer wieder langsam vom Baugelände ab, um den Schlamm auf der Straßenseite zu meiden. Caleb beobachtete, wie der Fahrer um die Ecke bog und aus der Sicht verschwand. Er atmete erleichtert auf, weil das Wetter keine Probleme bereitet hatte. In ein paar Tagen würden die Paletten verschwinden, während die Dachdecker das Material aufbrauchten und, das Dach fertiggestellt werden würde. Alles, was sie dazu brauchten, war ein paar Tage trockenes Wetter!

Plötzlich kam Joe zu Caleb gerannt, er war außer Atem von seinem Spurt. "Caleb, da sind hier drei Paletten, die nicht zu den anderen Materialien passen. Entweder ist unser Material noch immer auf dem LKW...und diese hier gehören einer anderen Baustelle...oder jemand hat beim Beladen des LKWs einen Fehler gemacht."

Caleb überlegte einen Moment und sagte dann: "Danke, dass Du das bemerkt hast, Joe. Wenn ich den Fahrer anrufe und er das richtige Material geladen hat und den Fehler korrigieren will, können wir ihm eine erneute Anfahrt ersparen...und auch den ganzen Papierkram, der zur Korrektur dieses Fehlers notwendig ist. Ich hoffe, dass ich ihn erreiche."

Caleb rief den Fahrer an, der sofort am Straßenrand hielt, um seine Frachtpapiere zu prüfen. Er wusste, dass er an diesem Tag noch eine andere Lieferung mit gleicher Palettenzahl geladen hatte...und vielleicht Paletten dieser zweiten Lieferung entnommen hatte, statt denen zu Calebs Bestellung. Das bedeutete, er würde zwei verärgerte Kunden haben...und einen wütenden Chef, wenn der Fehler nicht sofort korrigiert würde. Er entschied sich umzukehren und den Fehler besser jetzt zu korrigieren, statt Ärger zu riskieren und den Fehler eingestehen zu müssen.

"Danke Caleb, dass Sie das bemerkt haben...Ich hätte mir für diesen Fehler ganz schön was anhören dürfen und nochmals hier raus fahren müssen...und vielleicht auch noch die Wut der anderen Kunden ertragen müssen, die ebenfalls nicht ihre richtige Bestellung erhalten hätten."

Caleb und Joe eilten zum Dach, um die falschen Paletten zu identifizieren, bevor der Fahrer eintraf. Prediger folgte ihnen aufs Dach. Er hoffte, dass sie mit mehr Hilfe den Austausch schneller erledigen könnten. Sie mussten feststellen, ob die Paletten, die ausgetauscht werden mussten zwischen anderen Paletten eingeklemmt waren oder ob nicht. Das könnte den Austausch erschweren.

Als sie das Dach erreicht hatten, liefen die Männer zu den Sicherheitsgurten. Es war eine Vorgabe der Firma, dass sie auf dem Dach Sicherheitsgurte tragen mussten. Die schweren Ledergurte und die Halteseilaufhängungen waren unhandlich und beschwerten die Männer, aber jeder wusste, dass sie zu ihrer Sicherheit dienten und deshalb die Unannehmlichkeit wert waren. Die drei Männer streiften die Sicherheitsgurte über ihre Schultern und befestigten die Beinschlaufen, um den Gurt am Körper zu befestigen. Joe und Prediger befestigten jeweils den Gurt des anderen an die langen Seile, die in der Mitte des Dachs befestigt waren und sie im Falle eines Sturzes davor bewahren sollten, über den Vorsprung zu fallen.

Dann drehten sie sich um, um die Paletten zu prüfen und natürlich mussten drei der richtigen Paletten entfernt werden, um die falschen Paletten zu entnehmen und auszutauschen. Erneut rief Caleb den Fahrer an, um ihm mitzuteilen, was getan werden musste.

Während Caleb die drei falschen Paletten markierte und über das weichende Licht besorgt war, bemerkte er, dass die Oberfläche noch immer sehr rutschig war, obwohl der Regen bereits aufgehört hatte. Er warnte Joe und Prediger vor der Gefahr, weil sie die Paletten auf dem Dach am Kran befestigen würden, damit diese entfernt werden konnten. Sie würden den Kran zu den richtigen Paletten am richtigen Platz führen und sicher stellen, dass die Paletten gut gesichert waren.

Obwohl Prediger und Joe diese Arbeit ausführen konnten, entschied sich Caleb ebenfalls auf dem Dach zu bleiben, um gegebenenfalls helfen zu können. Caleb beschrieb die Aufgaben sorgfältig. Sie mussten einige der korrekten Paletten bewegen, um an diejenigen zu gelangen, die vom Dach gehoben werden sollten. Die Männer bezeugten, dass sie verstanden hatten und einverstanden waren. Caleb forderte sie auf, vorübergehend ein paar Lampen aufzuhängen, falls die Aufgabe länger dauern würde als geplant und das natürliche Licht vor Beendigung der Aufgabe verschwunden wäre. Als der Laster zurück auf das Baugelände fuhr, rief Caleb Ann an, um ihr zu sagen, dass er später kommen würde.

Die drei Männer saßen auf einer der Paletten, während sie dem Laster dabei zusahen, wie er langsam auf die Südseite des Gebäudes zurückfuhr. Sie wussten, dass der Fahrer etwas Zeit für die Vorbereitungen benötigte. Er musste die Paletten identifizieren, die vom LKW abgeladen werden sollten und Platz für die Paletten schaffen, die zurück auf den Laster kommen sollten. Während der Fahrer arbeitete, begannen Prediger, Joe und Caleb weit über dem Erdboden auf der Palette sitzend zu sprechen. Sie beobachteten, wie der Fahrer den Kran mehr als vier Stockwerke unter ihnen in Stellung brachte. Prediger fing wieder an, mit Joe zu sprechen.

"Joe, Du machst einen großen Fehler, wenn Du nicht anerkennst, dass es Satan gibt und dass er 1/3 aller früherer Engel des Himmels hinter sich hat, die ihm helfen Chaos auf der Erde anzurichten. Nur die Anerkennung dessen, was durch ihn passiert, kann uns helfen gegen diese Geister zu kämpfen, bevor sie sich verfestigen und dadurch noch schwerer zu bekämpfen werden. Es ist wichtig zu verstehen, wer und was *wirklich* Schuld an unseren Verhältnissen hat, damit wir uns bewaffnen können, um uns zu schützen."

"Komm schon Prediger, wenn das wahr ist, warum machen sich dann nicht alle Sorgen, gehen in Deckung oder wissen darüber Bescheid? Wie sollen wir uns 'bewaffnen'? Und warum sollte Satan so etwas überhaupt machen? Und warum sollte Gott ihm das erlauben?"

"Du solltest...und *würdest* darüber Bescheid wissen, wenn Du die Bibel lesen würdest!", antwortete Prediger.

"Nun ist aber gut, lasst uns hier nicht streiten", unterbrach Caleb. "Aber lass mich hinzufügen, Joe, dass ich Prediger zustimme. Satan tut das, weil er den Glauben der Kinder Gottes brechen will. Wenn Gott die Anzahl gläubiger Seelen findet, die er für sein neues Königreich will, wird Satan für immer gebunden. Alles Böse wird gebunden. Und Satan möchte das verhindern...koste es, was es wolle. Deshalb greift er uns an."

"Genau", fügte Prediger hinzu. "In Matthäus 8:16 wird z. B. erklärt, dass es in der Zeit Christi viele gab, die von Satan überwältigt wurden und dass die Menschen geheilt wurden, wenn Christus diese Geister austrieb. *"Am Abend aber brachten sie viele Besessene zu ihm; und er trieb die Geister aus durch sein Wort und machte alle Kranken gesund."* Die Schlüsselwörter hier sind 'geheilt' und 'ausgetrieben' und, das verdeutlicht, dass die gottlosen Geister, Menschen mit etwas gebunden hielten, dem sie nicht entkommen konnten. Diese satanischen Geister können uns auch glauben machen, dass das was wir fürchten und erleben *nie* überwunden werden kann und dass wir nie mehr glücklich werden. Aber wenn wir diese Gedanken durch Gottes Versprechen ersetzen, erinnern wir uns wieder an diese positiven Worte und...wenn wir anfangen sie zu automatisch zu verwenden...werden wir ihnen vertrauen. Mit diesem Vertrauen vollbringt Gott seine Wunder und **wir fangen an zu heilen, weil wir diese Geister nicht mehr füttern**".

"Und was hat das nun mit mir zu tun?", fragte Joe.

"Du bist im Unglauben gefangen und Satan nutzt unsere Verfehlungen, um uns gefangen *zu halten*. Verfehlungen sind nicht gleich Niederlagen, aber wir müssen weiterkämpfen. **Jedes Mal wenn wir kämpfen, 'üben' wir quasi, stärker zu werden.** Jedes Mal wenn wir bewusst *danach streben* etwas zu überwinden, schwächen wir diesen Geist. Mit der Zeit, kann jeder Geist, der versucht uns davon abzuhalten Gott zu vertrauen und zu folgen, gebrochen und zum Gehen gezwungen werden. Wir können ihn nicht durch einen einzigen Versuch besiegen. Wir erleiden auch Rückschläge und versagen oftmals, bevor wir doch überwinden. Wie wir schon feststellten, ist Satan stärker als wir, aber Gott ist weitaus stärker als Satan. Ihr, meine Männer, seit Gefangene des Unglaubens *und* der Selbstzufriedenheit", fügte Prediger mit einem Grinsen hinzu.

"Ja klar Prediger, mein Freund, ich schätze deinen Glauben, und dass Du so viel darüber weißt, aber für mich, nun, ich bin ein einfacher Mann und gehe nicht oft in die Kirche, ich lese die Bibel nicht und ich denke nicht über solche Dinge nach. Glaube mir, ich mag, was *Du* tust...aber, *ich* mag es nicht, von Dir beleidigt zu werden! Wenn ich je mehr wissen will, weiß ich, wo ich hingehe, aber ich bin mit meinem Leben so wie es ist zufrieden!"

"Aah Joe, Du hast Glück, dass in Deinem Leben alles in Ordnung ist und deshalb 'brauchst' Du Gott nicht, aber eines Tages wirst Du ihn brauchen...eines Tages wirst Du um seine Hilfe bitten."

"OK Prediger, ich habe hier was für Dich...ich habe eine Sorge...mal sehen, wie Du das lösen würdest. Meine Tochter hatte eine sehr schlimme Ehe. Sie konnte sich schlussendlich davon befreien, aber nun leidet sie an einer schweren Depression. Wie kann dieses religiöse Zeug ihr helfen?"

"Ah...nun, es kann auf viele Arten helfen!", unterbrach Caleb. "Unsere grundlegende Unfähigkeit über schwächende Gefühle hinauszuwachsen, ist ein Akt Satans. Wir müssen im Laufe des Veränderungsprozesses geliebt und genährt werden. Man muss uns lehren, dass Gott seine Kinder glücklich sehen will, während Satan möchte, dass wir unglücklich sind und Gott dafür die Schuld geben. Traurigkeit wirkt sich nicht nur auf unser Gefühlsleben aus, sondern auch auf unser Leben und Umfeld. Gott lehrt uns zu lieben, andere nie zu verletzen. Seine Worte sprechen immer die Wahrheit und helfen uns frei zu werden. Freiheit unter Gott bringt uns Freude und Frieden. Wenn wir wirklich glauben, dass Gott stärker ist, als alle Umstände, dass Gott uns liebt, und verspricht uns durch unsere schwierigen Umstände hindurchzuleiten, kann Satan uns nicht weiter gefangen halten. Oftmals wird genau dieser Umstand, den wir durchlebt haben, zu einem wunderbaren Segen für uns. Er lehrt uns Mitgefühl mit anderen, die Ähnliches erleiden. Dadurch, dass wir überwunden und das Mitgefühl und die Liebe entwickelt haben, um anderen in ähnlichen Situationen zu helfen, werden wir vielleicht darauf vorbereitet, ein Segen für andere zu sein. Joe...Gott hat vermutlich schon einen anderen, einen wunderbaren Ehemann für Deine Tochter ausgesucht...und wenn er ein Mann ist, der Gott liebt, wird er Deine Tochter gut behandeln...so, ja,...wenn sie zur Kirche kommt, kann sie das lernen, sie kann andere gute Menschen treffen und größere Chance haben, glücklich zu werden!"

Prediger stimmte zu. Er sagte: "Wenn wir uns aber der Macht Satans und seines Gefolges nicht bewusst werden oder merken, wie schnell wir in die Falle tappen können, werden wir den freien Willen nicht verstehen. Wir werden die gebotenen Wahlmöglichkeiten und die Konsequenzen dieser Entscheidungen nicht erkennen. Wenn wir nicht wissen, dass Satan unsere negativen Gedanken anstichelt, können wir nicht 'NEIN' zu ihnen sagen. Statt dessen erlauben wir es ihnen vielleicht, Angst in unsere Herzen zu pflanzen. Es kann sein, dass wir nie daran denken werden, ihnen zu *entfliehen,* indem wir in die Gemeinschaft der Gläubigen und in Gottes Wort eintauchen. Wir vergessen vielleicht die negativen Gedanken durch die positiven Worte Gottes zu ersetzen, die diesen Geist schwächen. Deshalb...bleiben wir depressiv und ängstlich."

"Weil jeder von uns von Zeit zu Zeit verzweifelt oder schwierige Zeiten erlebt, bittet uns Gott Mitgefühl zu entwickeln, zu praktizieren und es anderen anzubieten," fügte Caleb hinzu. "Die Welt ist für unser geistiges Wohl zu gefährlich, als dass wir es uns leisten könnten, uns nicht mit den Warnungen und Versprechungen Gottes zu bewaffnen und nicht den Mut zu entwickeln, aufzustehen und um den Segen zu kämpfen, den er so willentlich bereithält. Gottes Kinder müssen ihre Liebe und Geduld, ihre Unterweisung und Gebete denjenigen anbieten, die gefangen sind. Sie müssen ihnen helfen, die Angriffe Satans zu erkennen und ihnen zeigen, wie sie sich wehren können. Verständnis, Liebe, Mitgefühl und Gebet bringen Trost. Zu erklären, was Gott bereithält und welche Rolle Satan spielt, hilft uns, die Fallen, die er für uns aufstellt, zu umgehen. Keiner von uns ist frei von diesen Angriffen, aber für jeden von uns haben sie eine andere Form."

Joe nickte und sagte scheinbar zustimmend: "Nun, ich weiß, dass der Schein trügen kann und dass Menschen, die leiden, oftmals versuchen, ihren Schmerz zu verbergen. Aber im Laufe der Zeit zeigt sich die Unzufriedenheit und das schwere Herz und vielleicht hast Du damit recht, das wir versuchen zu helfen und wenn es nur dadurch ist, dass wir für jemanden beten, von dem wir glauben, dass er ein schweres Kreuz zu tragen hat. Es stimmt, dass nicht jeder seine Sorgen so einfach teilen kann. Vielleicht müssen wir ihnen einfach sagen, dass wir sie lieben; dass wir für sie beten und eine vertrauenswürdige Freundschaft anbieten...und dann müssen wir auch vertrauenswürdig *sein*!"

"Ja das ist genau richtig Joe. Gebete haben sehr viel Kraft und Gott segnet uns, wenn wir nach seiner Ausrichtung streben. Die Gemeinschaft mit anderen Gläubigen bringt oft Geschichten ans Licht, die unserer ähnlich sind und in einen wunderbaren Segen gipfelten. Das inspiriert diejenigen, die unter ähnlichen Umständen leiden, und gibt ihnen Hoffnung. Insbesondere wenn wir von Satan angegriffen werden und schwierige Zeiten durchleben, müssen wir verstehen, dass wir gegen einen Feind kämpfen, der viel stärker ist als wir und dass wir diesen Feind nur mit Gottes Hilfe bekämpfen können."

"Nun...", sagte Joe, "das macht Sinn und vielleicht *werde* ich mit ihr reden...Du hast recht. Wenn sie nur unpassende Typen trifft...kann sie wieder in diese Situation kommen...aber wenn sie einen wirklich gutherzigen Mann trifft, ja...ich glaube man könnte sagen einen 'religiösen' Mann...könnte es Bestand haben."

Plötzlich unterbrach das Funkgerät ihr Gespräch durch den schmetternden Hinweis, dass der Kran auf dem Weg nach oben sei, um die drei Paletten aus dem Weg zu räumen, um Platz für das Anheben und Entfernen der drei falschen Paletten zu schaffen. Als der Haken erschien, schnappte Joe ihn und rang ihn in Position. Dann befestigte er ihn an den Palettensträngen, während er über das Funkgerät dem Fahrer unter ihnen seine Anweisungen mitteilte.

Im Handumdrehen waren die drei Paletten bewegt und Caleb und Prediger fingen an, die Entnahme vorzubereiten. Als das geschafft war, wurde die erste der drei neuen Paletten in Position hochgezogen, danach die Zweite. Anschließend wurden beide gesichert. Die Dritte jedoch musste in einen viel spezifischeren und engeren Freiraum Platz finden. Die Anweisungen, um die dritte und letzte Palette an ihren Platz zu dirigieren, überschlugen sich. Während Joe und Prediger alles unter Kontrolle zu haben schienen und Caleb nicht unnötig im Weg stehen wollte, trat er einen Schritt zurück, um den Männern den Platz zu geben, den sie brauchten, um die letzte Palette in den Schacht zu schaukeln.

Als Caleb seinen Fuß hinter sich stellte, stieß er mit der Seite seines Stiefels gegen eine der Halterungen, die dazu verwendet wurden, die Paletten auf dem Dach zu sichern, und er verlor das Gleichgewicht. Er fiel und rutschte Richtung Dachkante. Er streckte seine Hand aus, um die Kante der Palettenhalterung zu fassen, aber sie war zu weit weg. Er rutschte auf der regengetränkten Oberfläche weiter und versuchte dann das Seil zu greifen, welches mit seinem Sicherheitsgurt verbunden war. Plötzlich erkannte er, dass das Sicherheitsseil nicht an seinem Gurt eingehängt war. Während seine Hand im Handschuh nach dem Seil griff, in der Hoffnung das Rutschen zu stoppen, fühlte er, wie es durch seine Finger glitt, bis die Klemme seinen Handschuh erreichte. Er hatte zu viel Schwung, um die Klemme festzuhalten. Er war durch das Gewicht und die Geschwindigkeit seines Körpers gezwungen loszulassen und wusste, dass er in Gefahr war. Der Gurt war angelegt, aber ohne die Verbindung zum Sicherheitsseil half ihm das nichts. Er versuchte nach allem zu greifen, was er in die Finger bekam, aber die Oberfläche war zu rutschig und seine Geschwindigkeit zu hoch. Sein Körper bewegte sich immer weiter Richtung Abgrund.

In einem letzten Versuch sich zu retten, öffnete er seine Hände und nutzte die gummierten Noppen seiner Handschuhe, um das Rutschen zu verlangsamen und seinen Körper gerade auszurichten, um zu verhindern seitlich über die Traufe hinauszurutschen. Sein Körper richtete sich aus, bevor er die Haftung verlor und in einer Bewegung, die einer Zeitlupe gleichkam, fiel er mit den Füßen voran gen Boden.

Prediger und Joe hatten nicht bemerkt, dass Caleb sein Gleichgewicht verloren hatte, und arbeiteten konzentriert daran, die letzte Palette, mit konstanten Anweisungen an den Kranführer, an der vorgesehenen Stelle zu platzieren. Plötzlich hörten sie Caleb schreien, sie drehten sich um und sahen ihn über die Kante hinaus verschwinden. Joe forderte Prediger ruhig auf, nach Caleb zu sehen, während er den Fahrer anwies, die Seilwinde und deren schwere Ladung in Stellung zu halten. Dann rannte er ebenfalls zu der Dachkante, um Prediger zu helfen.

Sie konnten Caleb nicht sehen, aber sie wussten, dass er am Boden lag, dort wo keine ihrer zuvor angebrachten Lampen ihr Licht hinstrahlen konnte und wo der erneute starke Regen jegliche Hoffnung einer Sicht zu Nichte machte. Prediger rannte eine der Lampen holen, die sie an ihrer Arbeitsstelle aufgestellt hatten. Als sie mit der Lampe über die Traufe hinaus Richtung Boden leuchteten, sahen sie Caleb, ausgestreckt...er bewegte sich nicht. Er lag zuoberst auf dem Stapel Granitfelsen, welcher nahe dem Fundament auf der gegenüberliegenden Seite der Baustelle, von der aus der große LKW und der Kran seine Lieferung absetzte, ausgekippt worden.

Joe löste sofort einen Notruf aus und mit schweren Herzen kehrten die beiden Männer zurück zur Südseite des Gebäudes, von wo aus sie das Dach sicher verlassen konnten, um nach Caleb zu sehen. Prediger wies den Fahrer kurz an, die letzte Palette abzusetzen, damit der Laster wegfahren konnte und der Auftrag erledigt war. Joe lief voraus. Er hoffte, dass er Caleb helfen konnte, bis der Krankenwagen kam.

Prediger war innerhalb weniger Minuten und bevor der Krankenwagen eintraf, zurück auf der Erde. Als er zu Joe trat, konnte er sehen, dass Joe Calebs Hand hielt und mit Tränen nassem Gesicht mit ihm sprach. Aber Caleb antwortete nicht. Das Gute war aber, dass er noch atmete. Prediger begann zu beten und Joe, wütender als je zuvor, klagte Gott an, weil er so ein Unglück erlaubt hatte.

Drittes Kapitel

NEUORDNUNG

Calebs Telefon lag vergessen auf dem Stapel Granitfelsen, während die Sanitäter bemüht waren, Caleb zu stabilisieren. Sie wussten, wie wichtig es war, ihm so schnell als möglich ins Krankenhaus zu bringen, waren aber besorgt über einen möglichen Genickbruch oder einer beschädigten Wirbelsäule. Sie arbeiteten schnell und effizient. Sie legten einen intravenösen Zugang und sprachen direkt mit dem Arzt im Krankenhaus, dem sie Calebs Zustand und alle anderen eventuell relevanten

Informationen weitergaben. Sie bewegten ihn sehr vorsichtig, nachdem sie eine Halskrause und eine Rückenschiene angebracht hatten. Bald war der Krankenwagen auf dem Weg ins Krankenhaus.

Nun, vom Regen gepeitscht und im Dunkeln versteckt fing Calebs einsame Hinterlassenschaft an zu klingeln, und da niemand dieses Klingeln bemerkte, wurde der Anruf nicht angenommen. Ann war verzweifelt. *Warum ging Caleb nicht ans Telefon?*

Sie hatte mit ihrem Anruf abgewartet, um ihm nicht bei der Arbeit zu stören. Sie wusste, dass er sich melden würde, sobald er konnte. Aber schlussendlich hatten ihre Ängste ihre Selbstdisziplin übermannt und sie tätigte den Anruf, gegen den sie sich so sehr gesträubt hatte. Es war schon fast neun Uhr, lange nach der Zeit, zu der Caleb entweder zu Hause hätte ankommen oder sie erneut anrufen müssen. Als Anns Anruf an die Mailbox weitergeleitet wurde, legte sie auf und versuchte es ein paar Minuten später erneut - das Ergebnis blieb das gleiche. *Was könnte passiert sein,* fragte sie sich, *könnte er in einer wichtigen Besprechung sein? Könnte er mit einer Aufgabe beschäftigt sein, die erst beendet werden musste, bevor er ans Telefon gehen konnte?*

Ann fing an im Zimmer auf und ab zu laufen und zu überlegen, ob sie Sarah anrufen sollte. Sarah war ihre beste Freundin und Calebs Schwester. Aber als Ann so darüber nachdachte, entschied sie sich, Sarah doch nicht anzurufen. Sie wollte ihr nicht unnötige Sorgen bereiten. Ann beschloss, noch eine Stunde abzuwarten. *Ja, ich werde bis zehn Uhr warten, und wenn Caleb dann noch immer nicht daheim ist oder angerufen hat...werde ich Sarah anrufen. Vielleicht kann Sarah dann ihren Mann Matt bitten, zu der Baustelle zu fahren, um nachzusehen, ob Caleb dort ist.*

Anns Gebete für Caleb wurden beinahe zu einem Mantra, in dem sie wiederholte: "Bitte, Gott, pass auf Caleb auf...beschütze ihn. Bitte, Gott, pass auf Caleb auf...beschütze ihn." Ihr Leben mit Caleb gründete im Glauben und jeder Tag war eine Lernerfahrung in der sie, wenn sie darauf achteten, immer Gottes Hand erkennen konnten, die sie führte, die ihnen half, sie lehrte und liebte. Ihr Leben drehte sich darum, ein Teil der Familie Gottes zu werden, indem sie lernten, was Gott von ihnen verlangte und indem sie ihr Leben nach Gott ausrichteten. Sie staunten über den sorgfältigen Plan, den Gott ausgelegt hatte, um sein neues Königreich zu erschaffen. Sie hatten Ehrfurcht vor den erstaunlichen Dingen und sogar den physikalischen Gesetzen, von denen sie in der Schrift lasen.

Sie wussten, wie die Gerechtigkeit Gottes und der spirituelle Krieg der von Satan ausgelöst worden war, den Weg vorgaben, den der Mensch gehen musste, um in das neue Königreich zu gelangen, ein Königreich, das frei sein würde von Bösem und Leid. Trotz dieses Wissens und trotz ihres Vertrauens in Gott kroch Anns Angst ihre Kehle hoch. Sie wusste, dass das Leben manchmal ungerecht sein konnte und dass obgleich Gott sie durch ihre Umstände hindurch führen und sie segnen würde, sie dennoch diese Zustände aushalten mussten. Sie wusste, dass es Satans Ziel war, den Glauben der Kinder Gottes zu brechen. Sie wusste, wie mächtig Satan war und auch dass Gott ihm erlaubte, diese Macht zu nutzen, um seine Torheit zu beweisen. Sie fragte sich, ob ihre Familie einem Angriff standhalten könnte und ob sie am Ende gut dabei herauskämen, bessere Menschen, bessere Kinder Gottes sein würden und fest im Glauben blieben. *"Würde ich fest im Glauben bleiben?"*, fragte sie sich. *"Jeder hat eine Bruchstelle"*, dachte sie. *"Aber andererseits sagt uns Gott, dass er uns nie mehr auflasten wird, als wir tragen können."*

Ann wusste, dass es viele gläubige Menschen gab, die Gott mit ihrem ganzen Herzen liebten...aber es gab auch viele, die noch nicht geprüft worden waren und daher noch nie in furchtbarem Kummer fest hatten stehen müssen. *"Woher wissen wir, dass wir dazu fähig sind?",* überlegte sie. *"Oh Gott und warum bin ich so besorgt?"*

Während diese Fragen durch ihr Herz strömten, klingelte es an der Haustür und sie rannte zum Eingang, um zu öffnen. Als sie auf die Haustür zulief, konnte sie das Echo ihrer Absätze auf den Bodenfliesen hören und sie fragte sich, warum ihr das jetzt etwas ausmachte und warum sie das zuvor noch nie gehört hatte. Dann, als sie der Haustür näher kam, sah sie die Lichter eines Polizeiautos, das sich durch die Glaseinsätze der schweren, dunkel gebeizten Doppeltür widerspiegelte. Sie fühlte ihr Herz pochen. Sie wusste, dass Caleb etwas zugestoßen war. Sie fühlte, wie es ihr heiß wurde und wieder so kalt, dass sie zu zittern anfing. An der Haustür standen zwei Polizisten, die von einem offensichtlich am Boden zerstörten Joe begleitet wurden. Der leitende Polizeibeamte stellte sich vor und fragte, ob sie reinkommen könnten. Ohne jegliche Gefühlsregung in ihr zu spüren, führte Ann die Männer in das Wohnzimmer und bat sie, sich zu setzen. "Ann," fing Joe an. "Caleb ist schwer gestürzt. Die Sanitäter haben ihn in das Rockclift General Hospital gebracht...können wir Dich dort hinbringen? Wenn Du niemanden hast, der nach den

Kindern sehen kann, kann ich hier bleiben und mich um sie kümmern."

Ann war selbst überrascht, wie ruhig sie sich anhörte, als sie sagte: "Natürlich. Ich rufe Sarah an. Und Joe, wenn Du hierbleiben könntest, bis sie und Matt da sind, einer von ihnen wird Dich zurück ins Krankenhaus bringen." *Warum bin ich so ruhig, warum weine ich nicht? Warum stelle ich keine Fragen?,* überlegte sie. Dann ging sie zum Telefon und rief Sarah an. Sie erklärte kurz, was geschehen war und Sarah sagte, sie würde mit Matt sofort rüberkommen. Ann fuhr sofort mit den beiden Polizisten los, während Joe auf Matt und Sarah wartete. Joe schlich in die beiden Kinderzimmer, um sich zu vergewissern, dass sie von der Ankunft der Polizei nicht gestört worden waren. Dann ging er zurück ins Wohnzimmer, um auf Matt und Sarah zu warten. Er war noch immer wütend. Während er sich im Raum umsah, fiel sein Blick auf die kleine Tafel, auf der ein Wort aus Josua 24:15 stand: "Ich aber und mein Haus wollen dem Herrn dienen." Joe fragte sich, warum Gott Calebs Unfall zugelassen hatte. Immer wenn er hier war, konnte Joe den Frieden in diesem Haus spüren, der durch die Liebe und Güte dieser Familie kam. Er schüttelte ungläubig seinen Kopf und ohne sich darüber bewusst zu sein, ballte er seine Hände vor Wut zur Faust. Dann blieb er mit seinem Blick an der gut gekennzeichneten und oft benutzen Bibel auf dem Kaffeetisch hängen. In Verbitterung fragte er Gott erneut, warum er Caleb das angetan hatte. *Wie kannst Du ein Gott der Liebe sein, wenn du zulässt, dass dieser wunderbaren Familie so etwas zustößt...einer Familie, die Dich liebt und Dir folgt?*

Innerhalb kürzester Zeit kamen Matt und Sara mit ihrem Sohn Jason an. Jason war fest eingeschlafen und Matt trug ihn in das kleinere Gästezimmer, wo er ihn schlafend ins Bett packte. Matt kam zurück ins Wohnzimmer und Joe erklärte ihnen kurz, was geschehn war. Matt sagte Joe, dass er bereits Josh, Calebs jüngeren Bruder, über Calebs Sturz alarmiert hatte und dass Josh ebenfalls ins Krankenhaus fahren würde, aber zunächst seine Frau Debbie hier her bringen würde, damit Sarah Josh ins Krankenhaus begleiten konnte.

Matt und Sarah beugten schnell ihre Köpfe und Matt fing an zu beten. Joe fühlte sich trotz seiner Wut auf Gott gezwungen mitzubeten und er fühlte sich dabei durch seinen Unglauben wie ein Heuchler. Die Worte "Dein Wille geschehe" am Ende des Gebets verärgerten Joe noch mehr. *Warum* fragte er sich *warum sollte ein so grausamer 'Wille' getan oder gar akzeptiert werden? Warum sollte ein*

Gott der Liebe einem Leid zufügen? Aber Joe sagte nichts. Er und Matt brachen zum Krankenhaus auf.

Sarah hatte Matt ins Krankenhaus geschickt, weil sie fühlte, dass er in diesem Augenblick für Ann die größere Stütze war. Er würde stark bleiben, egal was passierte. Sie wusste, dass sie sofort mit ihrem jüngeren Bruder Josh ins Krankenhaus fahren würde, sobald Debbie da war und das Matt ihnen dann alle Einzelheiten über Calebs Zustand berichten würde.

Als Matt und Joe ankamen, saß Ann gedankenverloren in einer Ecke des Wartezimmers im Rockclift General. Sie hatte von den Ärzten noch nichts über die Schwere von Calebs Verletzungen gehört. Joe und Matt setzten sich neben sie, sie sahen Ann an, dass sie nicht reden wollte. Matt vermutete, dass Ann schlicht ständig betete. Er hatte zum Teil recht. Ann betete tatsächlich, aber aus unerklärbaren Gründen konnte sie nicht aufhören, an Calebs Zukunftspläne zu denken und daran wie dieser Unfall diese Pläne beeinflussen könnte. Sie versuchte, dies Gedanken abzuschalten. Sie hatte ein schlechtes Gewissen, solche Gedanken zu haben, da sie materielle Dinge betrafen. Dinge, die sie und Caleb in ihrem Leben gewollt hatten und nicht die Dinge, die *Gott* vielleicht mit ihnen vorhatte oder einfach nur Calebs Genesung.

Sie hatten gerade ein Grundstück gekauft, das jenseits des Einkaufszentrums lag. Weil es sich derzeit noch weit außerhalb befand, was sich ändern würde, sobald das Einkaufzentrum eröffnet und die Stadt wuchs, war dieses Grundstück eine hervorragende Investition. Caleb hatte bereits die Erlaubnis erhalten, darauf ein Mehrfamilienhaus zu bauen. Nach dessen Fertigstellung würden sie dadurch Kapital bilden können und später, nach der Pensionierung, ein gutes Einkommen haben. Caleb freute sich sehr, dass dieses Vorhaben nach der Fertigstellung des Einkaufszentrums auf ihn wartete. Dieser Kauf war für sie eine große Entscheidung gewesen. Sie hatten ihr Haus belastet und ihre Ersparnisse auflösen müssen, um die Anzahlung leisten zu können. Später würden eine zweite Hypothek notwendig. Es war ein Spiel, aber eines über das Caleb gebetet hatte. Schließlich hatte er befunden, dass das Projekt für die Zukunft der Familie gut sei. Aber dadurch hatten sie derzeit große Schulden. Es würde mindestens fünf Jahre dauern, bis sie mit dem Bau beginnen konnten und vielleicht weitere drei Jahre, bis die ersten Einnahmen daraus flossen. Ann fühlte sich furchtbar schuldig, gerade an so etwas zu denken. Sie fühlte sich, als würde sie sowohl Caleb als auch Gott mit diesen Gedanken hintergehen und, das 'bewies' ihr, dass sie Gott nicht vollständig traute. Sie schämte sich auch für das, von dem sie dachte, dass es ihr erlaubte, materielle Dinge über ihre Sorgen um Caleb zu stellen. Sie wusste ja noch nicht einmal, was für Verletzungen er hatte! Wie konnte sie das nur tun? Sie beschloss sich zu zwingen, für Caleb zu beten aber dann, mitten im Gebet, stellte sie fest, dass sie wieder an die Schulden denken musste und daran wie Caleb das hinbekommen könnte. *Warum stelle ich mich so an,* fragte sie sich...*ist das Satans Werk?*

Gegen ihren Willen kreisten Anns Gedanken darum, ob sie mit Joes Hilfe Calebs Baufirma leiten könnte, um so die finanziellen Zügel in die Hand zu nehmen. *Aber was wird aus dem Einkaufszentrum...es gibt nichts, was ich da tun kann. Caleb kann wohl nicht gekündigt werden, aber er könnte gezwungen sein, seine Erwerbsunfähigkeit zu erklären, wodurch wir unsere Rechnungen nicht mehr zahlen könnten. Kann ich irgendwo eine Anstellung finden und gleichzeitig unsere Firma leiten? Selbst das würde uns nicht über Wasser halten. Vielleicht müssen wir das neue Grundstück verkaufen und sogar unser Haus. Aber wenn wir das Haus verkaufen, das verkraftet Caleb nicht...keiner von uns wird das verkraften.*

Ann schämte sich für ihre Gedanken. Sie wusste, dass sie ihren Ängsten erlaubte, sie zu lenken. *Wo ist mein Vertrauen in Gott? Warum bin ich mir so sicher, dass Caleb nicht einfach in ein paar Tagen aus dem Krankenhaus laufen und zurück an die Arbeit gehen wird? Was ist mit mir los? Warum denke ich so negativ? Versuche ich Calebs mögliche Verletzungen zu verdrängen und denke deshalb nur an materielle Dinge?* Aber Ann konnte sich diesen Gedanken nicht entziehen und ihre Gedanken kreisten um die Neuorganisierung ihres Lebens und darum, alles zu planen, was notwendig war, damit sie überleben konnten. *Es ist nicht schlimm, sich neu zu organisieren,* dachte Ann. *Gott hilft denen die sich selbst helfen, nicht wahr? Ich kann auch helfen und wenn es nur dadurch ist, dass ich Dinge durchdenke.* Sie drehte sich zu Prediger und fragte ihn, ob Caleb seine Arbeit bei dem Einkaufszentrum verlieren könnte. Anns Frage überraschte ihn. Er wollte nicht an solche Dinge denken und etwas in ihm sagte ihm, dass Ann zu diesem Zeitpunkt auch nicht daran denken sollte. Es war zu früh...und vielleicht würde es Calebs Genesung gefährden. "Ann denk nicht darüber nach...Caleb wird sich erholen. Du bist doch die Gläubige...nutze es...glaube daran!"

Matt hatte Anns Bemerkung und Predigers Antwort gehört und unterbrach, indem er sagte: "Ann, Gott weiß, was passiert ist, es hat alles einen Grund. Er wird sich um euch kümmern...dessen bin ich mir sicher. Bewahre den Glauben und bete weiter. Gott hilft uns immer, wenn wir Schmerzen erleiden und er bringt uns daraus einen Segen."

Ann war über Matts Worte beschämt und wusste, dass er recht und sie offen einen schlimmen Vertrauensmangel bewiesen hatte. Sie fing an zu weinen, teils aus Scham und teils aus Angst. Aber dann übermannten sie ihre Ängste und sie fing an die Worte zu wiederholen: "Ich muss unsere Pläne umstellen; unser Leben neu ordnen und versuchen unser Zuhause zu retten. Geschäfte organisieren sich ständig neu, also sollte auch ich das schaffen."

Matt erkannte sofort, dass Ann...der Fels in Calebs Leben, die Freundin mit der stillen Stärke und der großen Hingabe für die Familie...furchtbare Angst hatte und mehr als je zuvor ihre Unterstützung brauchte. Ann war immer diejenige gewesen, die ihnen die Unterstützung gab, die sie brauchten. Jetzt war sie die Bedürftige und die Familie musste sich um sie scharen, um ihr durch ihre Ängste hindurch zu helfen. Ihre Angst aber lies Matt sich fragen, was mit ihnen allen passieren würde, wenn Caleb sterben sollte und auch er musste gegen diese Gedanken ankämpfen.

Es legte sich Stille über sie, Matt überlegte, ob Anns Flucht in die Umorganisation ihres Lebens eine Art Selbstschutz war und ein Verleugnen der Ängste, die sie umtrieben. *Verdrängung ist ein Schutzmechanismus. Vielleicht braucht sie nur etwas Zeit um sich damit abzufinden. Sobald sie Genaueres über Calebs Verletzungen weiß, wird das sicherlich vorbeigehen. Ihre Bedenken und meine...und unsere Reaktionen darauf kommen sicherlich durch den Schock,* mutmaßte er. "Mach dir keine Sorgen, Ann, wir werden alle helfen. Wir werden uns um die Kinder kümmern, Besorgungen für Dich machen und bald wird Caleb wieder gesund und er selbst sein. Gott war in der Vergangenheit immer da und wird auch jetzt da sein. Lasst uns zusammen beten." Und so beteten sie und Matt bat Gott Caleb zu helfen, die Ärzte zu segnen, die ihn versorgten, Ann zu trösten und ihr die Angst zu nehmen. Er bat Gott auch die Macht Satans zu binden, der versuchte negative Gedanken in ihre Herzen zu legen, die Angst Unruhe auslösen könnten, welche sie hindern könnten, Gott und seinem Willen in dieser Sache zu vertrauen. Prediger griff auf, was Matt über Satan gesagt hatte und wurde wieder an die Diskussion erinnert, die er zuvor über das Böse geführt hatte und dachte: *Vielleicht wird Joe jetzt erkennen, dass es Satan gibt, aber dennoch, warum hat Gott zugelassen, dass das Böse sich so frei bewegen kann?* Um Ann von ihren Gedanken abzulenken, fragte er: "Matt, warum stoppt Gott nicht einfach die Dinge, die Satan tut...vor allem das, was er denjenigen antut, die Gott lieben?"

"Das ist etwas komplizierter. Unsere Welt besteht aus Gegensätzen wie heiß und kalt, schwarz und weiß, Liebe und Hass, Licht und Dunkelheit, Gut und Böse, und so weiter. Gott gab uns den freien Willen, damit wir uns für einen Teil dieses Spektrums entscheiden können. Wenn wir das Gute dem Bösen und Liebe dem Hass vorziehen, müssen wir das aus unserem freien Willen heraus tun. Deshalb kann Gott nicht eingreifen, indem er uns *veranlasst* das eine oder andere zu wählen. Er lässt uns das ganze Spektrum erleben, damit wir den Unterschied erkennen. Deshalb erlaubt Gott Satan, für einen festgelegten Zeitraum innerhalb bestimmter Grenzen zu arbeiten. Diejenigen, die Liebe und Güte wählen und den Hass und das Böse meiden, erkennen, dass perfekte Liebe und Güte nur von Gott kommen und deshalb haben sie den Wunsch Gottes Kinder zu werden. Die Schrift lehrt uns, was Gott uns beibringen möchte, damit wir lernen, uns zu schützen und unseren Weg durch eine Welt zu steuern, die mit Bösem angefüllt ist. Irgendwann in der nahen Zukunft wird die Zeit des Lernens enden und diejenigen, die Gott gefolgt sind, werden eingeladen, mit ins neue Königreich zu kommen, wo es kein Übel mehr geben wird. Satan und alles Böse werden gebunden und die Menschen nicht mehr verletzen können. Satan weiß, dass er gestoppt wird, sobald Gott die Seelenzahl, die er für sein neues Königreich möchte, erreicht hat. Damit diese Zahl nicht erreicht wird, arbeitet Satan sorgfältig daran, unseren Glauben zu brechen."

"Wie kannst Du die Schrift nur in so einen großen Zusammenhang setzen, Matt?"

"Durch die Verbindung von verschiedenen Dingen, Joe. Erstens hat Gott versprochen alle aufzuklären, die aufgeklärt werden wollen. Er zeigt uns seine Kraft durch die Macht und Schönheit der Schöpfung, seine Ordnung durch das Zusammenspiel der Elemente unserer Erde, seinen Plan durch seine Worte in der Heiligen Schrift. Seinen Schutz erfahren wir, während wir unsere Erfahrungen im täglichen Leben machen und seine Liebe, wenn sich unsere Herzen mit Freude und Weisheit füllen, während wir beten. Was Gott anbietet, ist für uns alle vorhanden, unabhängig von Status, Alter, Hautfarbe oder

Verhältnis. Gott vergibt uns unsere Fehler, er liebt uns und lehrt uns, damit wir Teil einer unfassbaren Zukunft werden können!"

Dann fragte Joe: "Aber warum lässt er Menschen so etwas erleben...verstehst Du...Caleb und alle anderen...zumal Caleb Gott wirklich liebt, gläubig ist und tut, was er ihm sagt?"

"Wir werden geprüft, Joe. Manchmal erleben wir schreckliche Zeiten, aber wenn gläubig bleiben, wenn wir Gott vertrauen, wird er uns immer durch unsere Trübsal bringen und am Ende, werden wir immer etwas Unfassbares sehen...einen Segen,...der aus dem wächst, was wir ertragen mussten...immer!"

"Ich weiß nicht Matt, das scheint mir alles ziemlich seltsam. Aber glaub mir, ich werde beobachten, was passieren wird, denn ich denke, dass Gott Caleb hier helfen muss."

"Ich auch", sagte Ann trotzig.

Zwischenzeitlich, in Anns Haus, und nachdem Sarah nach allen drei Kindern gesehen hatte und gerade dabei war, sich ins Wohnzimmer zu setzen, klingelte es an der Tür. Es war eine Nachbarin und gute Freundin von Ann und Caleb. Sie hatte die Lichter und das Polizeiauto gesehen und dann beobachtet, wie Ann das Haus mit den Polizisten verlies. Ihr Ehemann Richard war im Rockclift Hospital ein privilegierter Arzt. Als Sarah die Tür öffnete, fand sie Rachel vor, die erklärte, dass Richard, in der Annahme, dass etwas passiert war, im Krankenhaus angerufen und erfahren hatte, dass Caleb eingeliefert worden war. Sie sagte Sarah, dass Richard ins Krankenhaus gefahren war, um zu sehen, ob er helfen konnte. Sie bot an, mit Sarah zu warten, bis sie Neues über Calebs Zustand erfahren würden und Sarah war froh, dass sie da war.

In der Hoffnung, Sarah von ihren Sorgen abzulenken, fing Rachel an, von der besondere Freundschaft zwischen Caleb und ihrem Mann zu sprechen: "Du erinnerst dich sicher Sarah...sie lernten sich kennen, als wir ein neues Haus bauen wollten und ein Freund uns sagte, dass Caleb der beste Baumeister in dieser Region sei. Wir waren überrascht, als wir erfuhren, dass unser Baugrundstück, genau neben dem Grundstück von Caleb war, welches er für sein eigenes Haus gekauft hatte...es schien so, als hätte alles so sein müssen."

"Als wir Ann und Caleb kennenlernten, schlossen wir sie in unser Herz, respektierten sie und pflegten unsere Freundschaft. Auch wenn wir sehr beschäftigt sind und selten Zeit bleibt alles zu tun, was wir wollen, so haben wir noch nie ein Treffen verpasst, zu dem wir eingeladen waren. Wir haben uns auch gefreut, Dich und Matt und den Rest der Familie kennenzulernen."

"Danke Rachel. Es ist nett, dass Du das sagst. Caleb...wir alle...sind gerne mit Menschen zusammen, bei denen Familie, Aufrichtigkeit und ein gottgefälliges Leben an erster Stelle stehen, wie bei Dir und Richard," sagte Sarah. "Wir vertrauen auf diese Eigenschaften und bewundern sie. Ich weiß auch, dass Caleb stolz auf die Leistungen eurer Kinder ist, weil sie eurem Beispiel folgen. Glückwunsch übrigens zu der Annahme Eurer Tochter auf der Medizinschule, es muss ein schönes Kompliment sein, wenn ein Kind in die Fußstapfen der Eltern tritt."

"Ja," antwortete Rachel. "Wir waren...sind so stolz auf sie und bei fünf Töchtern, hoffen wir doch, dass alle eine Arbeit finden, die sie lieben und, bei der sie ihr Bestes geben. Richard ist genauso...er ist bei medizinischen Durchbrüchen immer oben auf. Er möchte grundsätzlich das Beste für seine Patienten. Er ist erst zufrieden, wenn er alles gegeben hat."

"Danke Rachel, das ist nett. Ich bin so erleichtert, dass Richard bei Caleb im Krankenhaus ist. Wenn ich an die Verletzungen denke, den so ein Sturz auslösen kann, vermute ich, dass Caleb einige Knochenbrüche haben wird und in dem Fall, ist Richard, als orthopädischer Chirurg, die größte Hilfe. Ich bin so dankbar, dass er im Krankenhaus ist...und dass er unsere Familie an die besten Ärzte verweisen kann, sofern weitere Verletzungen vorliegen. Gott ist gut und segnet uns oft durch Menschen."

"So sehe ich es auch, Sarah. Oft scheint es, als wären wir gerade zur richtigen Zeit zu der richtigen Person geführt worden. Wir können das auch als Zufall werten, aber wenn sich diese 'Zu-fälle' in unserem Leben häufen, sehen wir sie mit anderen Augen und erkennen sie als Segen."

"Ja...meine Großmutter hat uns immer aufgefordert, nach Gottes Segen Ausschau zu halten. Sie sagte, dass viele Leute für das was in ihrem Leben passiert, blind sind. Sie rechnen die Dinge nie Gott zu, merken nicht, dass es eine höhere Macht oder gar einen himmlischen Vater gibt, der sich um uns kümmert. Am Tiefpunkt meines Lebens habe ich *im Nachhinein* immer verstanden, warum Gott etwas zugelassen hat. Ich erkannte, dass das, was mir zugestoßen war, eher eine Gnade, als ein Schmerz gewesen war. Diese Erkenntnis hat mich befähigt, loszulassen und Gott das Steuer zu übergeben."

"Manchmal frag ich mich, Sarah, ob wir unseren Kindern jemals die ganze Weisheit vermitteln können, die sie im Leben brauchen. Es ist erschreckend daran zu denken, dass auch sie durch Situationen müssen, die schwierig sind und dass das was wir als Eltern ihnen beigebracht haben...oder auch *nicht* beigebracht haben...sie dabei beeinflussen wird, wie sie mit solchen Situationen umgehen."

"Du hast recht, Rachel. Leider 'unterrichten' nur wenige Eltern ihre Kinder...sie scheinen nicht zu verstehen, wie wichtig das für die Zukunft ihrer Kinder ist. Ich meine...als Eltern leiden wir, wenn unsere Kinder leiden, warum versuchen wir dann nicht, ihnen das Leiden zu erleichtern, indem wir ihnen Ratschläge geben, die auch wir befolgen? Sei es der Glaube an Gott, der Wert der persönlichen Verantwortung oder der Dienst an anderen, wir brauchen diese Dinge in unserem Leben, um Selbstachtung zu bekommen und etwas aus uns zu machen. Und ich spreche nicht von Geld, sondern von dem, was im Herzen eines

Menschen lebt, was jemanden zu einem geschätzten Freund macht, einem Vorbild, eine integere Person."

"Wir müssen unseren Kindern auch beibringen, wann sie fliehen müssen!", witzelte Rachel. "Es gibt Menschen, die einen schlechten Einfluss ausüben und unsere Kinder nach unten ziehen. Manchmal ist es für sie schwer, das zu erkennen oder zu akzeptieren. Auch das kann Eltern Sorgen bereiten."

Dann klingelte das Telefon. Matt sagte Sarah, dass ihr Bruder Josh angerufen hatte. Er würde bald Debbie und ihren Sohn Johnny bei Anns Haus absetzen, damit sie mit Josh ins Krankenhaus fahren konnte, während Debbie nach den Kindern sah. Er sagte ihr auch, dass sie bald mit den Ärzten reden würden, um Näheres über Calebs Zustand zu erfahren.

Rachel lies Sarah alleine, damit sie beim Eintreffen von Debbie und Josh fertig sein würde. Sie sagte Sarah, sie würde morgen noch einmal rüberkommen, um nachzusehen, ob sie etwas für sie tun könne. Sarah dankte ihr für ihren Besuch und ihre Freundschaft. Dann sah sie nochmals nach den Kindern und zufrieden, dass diese noch immer fest schliefen, ging sie Deb eine Tasse Kaffee richten. Sie brühte genug Kaffee für eine Thermoskanne, die sie Ann, Matt, Prediger und Joe mit ins Krankenhaus nehmen wollte. Als Deb und Josh mit ihrem einjährigen Sohn Johnny eintrafen, hatte Sarah ihnen schon eine Tasse Kaffee eingegossen und sie auf die große Theke zwischen Küche und Wohnzimmer neben den Stevia Süßstoff und die Sojasahne gestellt, die sie alle mochten. Während Sarah und Josh an der Theke saßen, brachte Deb Johnny in eines der weiteren Gästezimmer, wo sie ihn ins Bett legte. Nachdem sie nach den anderen Kindern, Andrew, Lorraine und Jason, gesehen hatte, gesellte sich Debbie zu Sarah und Josh ins Wohnzimmer.

"Caleb ist immer so vorsichtig, Sarah, sodass man kaum glauben kann, dass er vom Dach gefallen ist."

"Josh, es hat geschüttet und offenbar ist etwas mit einer Lieferung schief gelaufen. Als Caleb auf das Dach stieg, um sicher zu gehen, dass der Fehler behoben würde, versagte offenbar der Haltegurt, den er zuvor angelegt hatte. Ich kenne nicht alle Einzelheiten, aber ich hoffe einfach, dass Caleb wieder gesund wird, ganz gleich, was passiert ist."

"Ja, nun, wenn wir im Krankenhaus sind, werden wir hoffentlich mehr erfahren. Vielleicht hat bis dahin schon einer der Ärzte Ann und Matt über Calebs Verletzungen aufgeklärt."

"Wenn so etwas passiert, schätzen wir die Gesundheit, die wir jeden Tag erfahren...und jederzeit verlieren können...erst richtig." Als Deb sich zu ihrem Mann und ihrer Schwägerin gesellte, fügte sie hinzu: "Unfälle und Krankheit können das Leben auf den Kopf stellen und plötzlich bleiben alle geschmiedeten Zukunftspläne auf der Strecke...aber wir können daran auch sehen, wie wir uns als Familie zusammenraufen, und helfen."

Viertes Kapitel

SATAN GIBT NICHT AUF

Anns Kopf dröhnte. Sie konnte das, was der Internist ihr zu sagen versuchte, nicht verkraften. Seine Worte waren ihr so fremd, dass sie selbige weder verstand, noch wusste, was das für Caleb bedeutete. *Was ist ein 'geprelltes' Organ? Warum müssen sie bei Calebs Kopfverletzungen 'abwarten'? Was ist der Knorpel zwischen Femur und Tibia?* Ann war klar, dass der Arzt von Calebs Verletzungen sprach, aber was wusste sie schon von diesen Dingen? Sie bat den Arzt einen Moment zu warten, bevor er weitersprach, und fummelte in ihrer Handtasche nach einem Stift und einem Notizblock. Sie erklärte, dass sie ein paar dieser Worte aufschreiben wollte, um sie später nachschlagen und verstehen zu können, was diese für Caleb bedeuteten.

Der Internist verstand die Problematik und versuchte Ann in einfacheren Worten zu erklären, dass drei Bereiche betroffen waren. Einer betraf Organe, die durch die Wucht des Sturzes 'erschüttert' worden waren. "Das", so erklärte er, "sollte von alleine und ohne viel Zutun heilen. Genauso scheint es, dass wir zum jetzigen Zeitpunkt auch bei Calebs Kopfverletzungen abwarten sollten, statt einzugreifen. Jedoch", sagte er, während er auf Anns Notizblock ein kleines Diagramm zeichnete, um zu zeigen, wie der Knorpel im Knie zwischen den beiden Beinknochen platziert war, "Caleb könnte eine Knieoperation benötigen, sobald die anderen Bereiche abgeheilt sind."

"Aber was bedeutet das alles?", frage Ann. "Wie wird das alles Caleb beeinflussen? Wird er wieder gesund werden, sobald das alles in Ordnung gebracht wurde? Warum sagen sie, wir müssen bei seinen Kopfverletzungen 'abwarten'? Ist das so, weil er noch bewusstlos ist?...Warum durfte ich ihn noch nicht sehen?....Ich muss ihn sehen!...Wann kann ich zu ihm?"

"Ann, Sie können bald zu ihm. Er wird gerade weiter untersucht und während dessen, werden der Neurologe und der orthopädische Chirurg mit Ihnen sprechen. Ich sage Ihnen vorsichtig, dass ich glaube, dass Caleb wieder gesund wird. Er ist jung, stark und gesund. Aber bei einer bestehenden Kopfverletzung und einem möglichen Koma gibt es immer ein Restrisiko. Aber insgesamt, Ann, denke ich, dass er sich durchkämpfen wird. Während wir sprechen, beurteilt ein Spezialistenteam Calebs Verletzungen. Wir müssen noch einige Untersuchungen durchführen und dabei viele Beurteilungen treffen, aber alles in allem, und vorausgesetzt, dass sich die Kopfverletzung nicht verschlimmert, sieht es so aus, als würde Caleb mit der Zeit wieder gesund werden. Aber...es wird seine Zeit dauern. Sobald die Ergebnisse der offenen Untersuchungen vorliegen und gedeutet sind, können wir eine genauere Prognose stellen. Sowie er wieder auf seinem Zimmer ist, können Sie zu ihm."

Ann dankte dem Internisten und sah Matt an, als wolle sie, dass er etwas sagte. Es gab so viel zu verkraften und sie fühlte sich noch immer so, als wäre sie noch weit davon entfernt, zu verstehen, was alles auf Caleb zukommen würde. Gerade als sie wieder saßen, kam der Neurologe ins Zimmer. Er stellte sich vor und fing an zu berichten, was er über Calebs Zustand wusste.

"Calebs Gehirn wurde durch den Sturz erschüttert. Die Membranen des Gehirns sind sehr empfindlich und bestehen aus drei separaten Einheiten. Die harte Hirnhaut ist ein dichtes Material, welches das Innere des Schädels auskleidet, die Arachnoidea umschließt die Nerven und die weiche Hirnhaut ist eine vaskuläre Membrane. Wenn eine Schwellung, wie durch Calebs Sturz, auftritt, kann das die normale Funktion des Gehirns stören, indem keine Nachrichten mehr von der Wirbelsäule zu den verschiedenen Körperteilen geschickt werden. Genauso muss die Wirbelsäule, durch die diese Nerven reisen, die Möglichkeit haben, die vom Gehirn übertragenen Nachrichten zu empfangen und zu senden. Ein Teil dieser Anweisungen geschieht automatisch, das heißt, wir merken davon nichts, wie beim Atmen oder wenn wir Hormone ausschütten. Andere wiederum sind *bewusste* Prozesse, wie beim Sprechen oder Tippen. Meine Aufgabe ist es, jegliche Schwellung des Gehirns zu reduzieren, um die Aktivitäten zu fördern, die das Gehirn leistet. Das Gehirn will mit dem Rest des Körpers 'sprechen', damit alle Funktionen normal oder gar optimal weiterarbeiten. In den meisten Fällen hält diese Schwellung nur kurzfristig an und lässt ohne viel Aufwand nach. In manchen Fällen jedoch entsteht sie durch eine Blutbildung, die entfernt werden muss. Und manchmal ruft sie ein Koma hervor, das sich ebenfalls wieder von alleine auflösen kann. Wir haben festgestellt, dass wir besser daran tun abzuwarten, wenn unsere Untersuchungen keinen Grund zum Eingreifen ergeben. Und das werden wir auch in Calebs Fall so tun. Wir werden ein bis zwei Tage abwarten und ihn genau beobachten. Ich werde fast die ganze Nacht hier sein und auf Sie zurückkommen, wenn sich etwas ändert."

Ann und Matt dankten dem Arzt und setzten sich wieder. In diesem Moment kam Sarah mit Josh ins Wartezimmer und so berichteten Matt und Ann ihnen, was sie soeben durch den Internisten und den Neurologen erfahren hatten. Sarah und Josh hatten ihnen eine Thermoskanne Kaffee mitgebracht, weil sie wussten, dass der Kaffee im Krankenhaus nicht so gut war, wie der, den sie zu Hause tranken. Alle freuten sich über den Kaffee, der bereits mit ihrem bevorzugten Stevia und der Sojasahne aromatisiert worden war. Ann genoss es, wie die dampfende Tasse Kaffee ihre eiskalten Finger wärmte.

Sarah erzählte Ann, dass Rachel kurz, nachdem sie mit Joe ins Krankenhaus gefahren war, vorbei gekommen sei und dass Richard sofort ins Krankenhaus gefahren war, als er von Calebs Unfall hörte. Ann war sehr dankbar für die Unterstützung und Anteilnahme ihrer Nachbarn. Sie und Caleb mochten Rachel und Richard sehr und sie vertrauten ihnen vorbehaltslos. Ann wusste, dass Caleb in guten Händen sein würde, wenn Richard das Sagen hatte!

"Vielleicht wird doch noch alles gut", dachte Ann. *"Vielleicht wird Caleb ein paar kleine Eingriffe benötigen, dann aber wieder gesund werden. Vielleicht habe ich einfach nur zugelassen, dass mein Verstand diese Situation überbewertet und dadurch Satan die Möglichkeit gegeben, dem Glauben zu schaden, den ich hätte haben sollen."*

Sogar Joe sprach beinahe das Gleiche laut aus, was Ann gedacht hatte: "Ich gebe es nicht gerne zu, weil ich weiß, wie religiös Ihr alle seit...aber ich war richtig wütend auf Gott, weil er das zugelassen hat. Aber vielleicht wird Caleb wieder gesund und habe mich umsonst aufgeregt. Jetzt fühle ich mich schlecht."

"Joe", sagte Josh, "Du bist immer sehr fürsorglich. Es ist verständlich, dass Du auf Gott wütend wirst, weil Du Caleb magst. Nicht nur ich verstehe das, auch Gott versteht das. Ich verstehe nicht, warum Du *denkst,* dass Du keinen 'Gauben' hast...ich denke, Du hast einen!"

"Was? Ich? Niemals...ich meine...ich denke schon, dass es einen Gott und das alles gibt...aber warum sollte der sich mit mir abgeben...ich meine, warum sollte es ihn interessieren, was ich tue...Mensch...denk mal nach...hast Du jemals errechnet, wie viele Menschen auf dieser Erde schon gelebt haben...und glaubst Du dann noch immer, dass Gott sich um alle kümmert?"

"Ja, tun wir!", antwortete Matt. "Gott sorgt sich und hat schon immer für *jede* Seele gesorgt, die je gelebt hat, empfangen wurde oder gestorben ist. Zeit spielt für ihn keine Rolle! Unsere Zeit wird vielmehr nur von unserer Sonne und unserem Mond bestimmt, die Gott geschaffen hat, um unsere Fortschritte zu messen. Für Gott aber gibt es *keine* Zeit oder Grenzen! Laut dem ersten Buch Mose hat

Gott die Sonne und den Mond erst *am Ende des vierten Tages* geschaffen, um die Zeit, wie wir sie kennen herzustellen. Davor *gab* es keine Zeit...zumindest nicht so, wie wir sie heute bemessen."

"Was meinst Du damit, Matt? Denkst Du, dass es an vier der *sieben* Tage, in denen Gott die Welt erschaffen hat, gar *keine* Zeit gab?"

"Richtig! An den ersten vier 'Tagen' war die Zeit unbegrenzt, deshalb kann es auch eine 'Evolution' gegeben haben. Die Kohlenstoffdatierung passt perfekt zu dem, was uns die Bibel über die Schöpfung berichtet. Bei hundert Tausenden von Jahren vor der Menschheit, warum sollten Gott da die 6.000 Jahre, die wir existieren, Schwierigkeiten machen, warum *sollte er nicht* in allen Leben aktiv gewesen sein?"

"Nun, mir ist dieses Zeitthema völlig neu. Lass mich darüber nachdenken. Trotzdem...selbst 6.000 Jahre sind meiner Meinung nach eine zu lange Zeit, um die Geduld zu haben, so viele Generationen von Menschen zu ertragen, die ganzen Sünden, Zorn, Hass, Krieg und Grausamkeiten oder einfach nur die ganze Blödheit."

"Nicht, wenn Gott einen bestimmten Zeitrahmen geschaffen hat, während dem nur eine bestimmte Anzahl Menschen geboren wird, die die Möglichkeit hat, von ihm und seinen Plänen für die Menschheit zu erfahren, ihn lieben zu lernen und ihm folgen zu wollen", fügte Josh hinzu. "Die Bibel sagt uns, dass obwohl Gott *alle* Menschen retten will, nicht alle Menschen errettet *werden.* Folglich werden nicht alle den neuen Himmel und die neue Erde, die er erschaffen will, betreten."

Gerade als Sarah etwas zu dem Thema beitragen wollte, kam Richard in das Wartezimmer und begrüßte sie. Er kannte alle...einschließlich Prediger und Joe, die auch oft bei Ann und Calebs Gesellschaften dabei gewesen waren.

"Hallo zusammen. Es tut mir leid, dass wir uns unter diesen Umständen treffen müssen. Rachel und ich haben unsere gemeinsamen Treffen immer geschätzt und ich wünschte, dass das auch heute der Anlass wäre. Aber...wir müssen den Tatsachen ins Auge sehen und mit den Tatsachen umgehen. Ann geht es soweit?"

"Ich denke schon, Richard...ich habe einfach Angst...ich muss wissen, dass mit Caleb alles gut wird."

"Ich habe mir die vorläufigen Untersuchungsergebnisse angesehen, und wie es aussieht, sind beide Knie irreparabel geschädigt. Dadurch reibt der eine der beiden Knochen im Unterschenkel gegen den Oberschenkelknochen und das verursacht weitere schmerzhafte Schäden an den Knochen. Caleb müssen zwei neue Kniegelenke implantiert werden. Das ist eine Routineoperation, aber die Genesungsphase ist hart. Man muss hart und bestimmt daran arbeiten. Die Ärzte, die sich um Calebs übrige Verletzungen kümmern, sind...vorsichtig ausgedrückt...optimistisch. Wir werden abwarten müssen, aber wir glauben nicht, dass wir noch weitere Verletzungen finden werden. Er hat mehrere Organprellungen, die wir genau beobachten müssen...aber alles in allem hätte der Unfall schlimmer ausgehen können. Sobald wir sehen, dass Caleb keine Weichteilschädigung oder Knochentrauma hat und wieder voll funktionsfähig ist, können wir seine Knie operieren."

Als Matt nach weiteren Details zur Kniegelenksimplantation fragte, legte Richard seine Fäuste gegeneinander und erklärte mit seinen Fingerknöcheln, wie der untere Teil des Oberschenkelknochens aus zwei Erhebungen bestand, die sich in Verbindung mit den zwei Köpfen am oberen Ende des Schienbeins bewegten. "Diese Bewegung wird durch den Knorpel zwischen den Knochen abgefedert. Calebs Knorpel können, das aber nicht mehr und das führt zu Knochenschäden, zunehmenden Schmerzen und eventuell auch dazu, dass er nicht mehr gehen kann. Bei der Operation wird durch eine prothetische Versorgung, an beiden Knochen eine neue Oberfläche geschaffen und der Knorpel dazwischen ersetzt."

"Danke Richard. Du hast unser Vertrauen und ich danke Dir, dass Du seine Verletzungen nicht beschönigst, sondern uns sagst, was gefunden wurde. Wir brauchen und wollen das. Es gibt uns die Sicherheit, dass Caleb in guten Händen ist. Ich danke Dir, dass Du so ein guter Freund bist. Aber Richard...ich kenne Caleb und Du kennst ihn auch. Er wird seine Abwesenheit von der Arbeit nicht einfach hinnehmen. Das Projekt im Einkaufszentrum hat einen enormen Umfang und er denkt, dass es auch ein Sprungbrett für viele Dinge ist, die er für unsere Familie immer wollte. Ich mache mir sorgen um seinen Gemütszustand."

"Ann, ich kann nichts vorhersagen. Alles, was ich sagen kann, ist, dass wir ihn beobachten werden, um festzustellen, wie es ihm geht...rundum...Körper, Geist und Seele...und dass wir da sein werden, um ihn zu unterstützen und alle professionelle Hilfe zuzuführen werden, die er braucht...körperlich, geistig oder seelisch. Mit der Unterstützung einer Familie wie der Eurigen musst Du Dir keine Sorgen machen. Er wird wieder gesund, auch wenn der Weg steinig sein wird. Komm, Ann, lächel für mich!"

Ann war es nicht nach Lächeln...sie wusste, dass eine langwierige Genesung für Caleb ein großes Problem war...aber sie lächelte dennoch und versuchte ihre wahren Gefühle zurückzuhalten. Richard aber bemerkte Anns große Besorgnis und vermutete, dass sie wie Caleb nun viele negative Gefühle bekämpfen musste. Durch Calebs Investition in das Grundstück neben dem Einkaufszentrum, stand viel auf dem Spiel...und in der heutigen Zeit...wer wusste da schon, wie ein Arbeitgeber reagieren würde? Richard dachte bei sich...*Nun, ich werde daran denken und alle 'Wenn und Aber' sorgfältig beurteilen. Vielleicht brauchen sie bei einer langwierigen Genesung zusätzliche Unterstützung.* Er mochte diese Familie und respektierte ihre Lebensweise und wie sie füreinander sorgten. Er lächelte Ann an und sagte: "Komm, wir sehen nach Caleb!"

Joe, Matt, Sarah, Josh und Prediger blieben im Wartezimmer. Sie saßen in einem Halbkreis und fingen an, über das zu sprechen, was sie gerade erfahren hatten.

"Das wird nicht leicht für Caleb, nicht nur körperlich, sondern auch psychisch", sagte Matt. "Er ist so ein hohes Risiko eingegangen, als er das Grundstück beim Einkaufszentrum gekauft hat. Jetzt ist er von den Einnahmen aus dem Projekt mit dem Einkaufszentrum abhängig. Joe...Prediger, weiß einer von Euch, wie dieses große Unternehmen auf so etwas reagieren wird? Ich meine, hinsichtlich einer Invaliditätsentschädigung oder Arbeitsunfallversicherung? Soweit ich weiß, entsprechen diese Vergütungen nicht dem kompletten Gehalt, oder?"

"Matt, ganz ehrlich, das weiß ich nicht", antwortete Joe. "Aber wir sollten es herausfinden, denn falls sie doch dem vollen Gehalt entsprechen, wird Caleb weniger Sorgen haben und vielleicht können wir auch Richard fragen, ob Caleb vom Rollstuhl aus oder irgendwie die Arbeiten in ein paar Wochen wieder beaufsichtigen kann. Wenn das geht, könnte die Firma ihn weiterbeschäftigen und ihm ein volles Gehalt zahlen. Caleb hilft den Männern zwar immer aus, aber eigentlich entspricht das nicht seiner Stellenbeschreibung. Warum konzentrieren wir uns also nicht auf die reine Beaufsichtigung? Die Invaliditätsentschädigung deckt nicht alle Kosten...das weiß ich...aber bei einem Arbeitsunfall könnte das anders aussehen."

"Ich weiß, dass der Heilungsprozess an erster Stelle steht, aber lasst uns ehrlich sein, die Finanzen werden Ann und Caleb Sorgen bereiten, deshalb wäre es sehr gut, wenn wir diese Bedenken dadurch lindern könnten, dass wir Informationen über diese Ansprüche sammeln. Vielleicht ist es für die Ärzte zu früh sagen zu können, wie lange Caleb arbeitsunfähig sein wird, weil sie noch nicht den vollen Umfang seiner Verletzungen kennen oder wissen, wie schnell diese heilen."

"Kommt schon Leute, jetzt müssen wir glauben...beten...und nicht mutmaßen und uns sorgen", unterbrach Sarah. "Wir scheinen uns nur mit dem weltlichen oder materiellen Teil unseres Lebens zu befassen, statt Gott zu danken, dass Caleb lebt und geheilt werden *kann*. Um ehrlich zu sein, enttäuscht mich diese Diskussion etwas. Was ist mit uns passiert?...Was ist damit, Gott zu vertrauen, zu akzeptieren, wohin er uns führt? Das ist nicht richtig!"

"Augenblick Sara!", fügte Josh hinzu. "Wir haben gebetet...aber manchmal muss man auch die praktische Seite betrachten, oder nicht? Gibt es nicht einen feinen Unterschied, zwischen sich zurücklehnen und nichts tun und aufstehen und uns selbst und anderen zu helfen...und darauf zu vertrauen, dass Gott unsere Wege und das Ergebnis unseres Eingreifens, das *wir* auslösen müssen, lenkt? Sagt man nicht, dass Gott denen hilft, die sich selbst helfen?"

"Ja Josh Du hast recht", sagte Sarah, "aber wir müssen Gott an erste Stelle setzen und aufpassen, dass Satan unsere Gespräche nicht negativ beeinflusst...besonders, wenn Ann anwesend ist...sie hat Angst...um Caleb natürlich, aber auch weil sie sich als Mutter verantwortlich für das Wohlergehen ihrer Kinder sieht. Sie und Caleb sind mit dem Kauf des Grundstücks ein großes Risiko eingegangen, aber ich bin mir sicher, dass das funktionieren wird, weil ich weiß, wie sehr Caleb damals um diese Entscheidung gebeten hat. Wir müssen aufpassen, dass Satan nicht unseren Glauben und unser Vertrauen in Gott bricht. Wir müssen vorsichtig sein."

Joe unterbrach das Gespräch und sagte: "Dieser Satan...ich verstehe das nicht. Wollt Ihr damit sagen, dass er das alles kontrollieren kann...wie unseren Verstand...unsere Finanzen...unser Leben? Ich meine, kommt schon...das ist nicht möglich. *Wir* kontrollieren unseren Verstand und unser Leben oder etwa nicht? Und muss Gott uns nicht dabei helfen?"

"Das ist etwas komplizierter Joe", erklärte Matt. Aber hier eine kleine Erklärung; Satan und Gott führen Krieg und wir sind der Preis, um den es geht. Satan war ursprünglich ein Engel, der Luzifer genannt wurde. Er wurde ungeheuer eifersüchtig, als Gott die Menschen erschuf, und erklärte, dass er sie über die Engel setzen wollte. Deshalb rebellierte Luzifer und erklärte Gott den Krieg. Er überzeugte ein Drittel aller Engel, seinem Aufstand zu folgen. Gott warf sie auf die Erde, wo Satan anfing, die Menschheit zu schikanieren und sie dazu zu verleiten, durch Ungehorsam gegen Gott zu sündigen. Satan dachte, dass Gott, wenn er die Menschen von ihm fernhielt, mit den übrigen Engeln im

Himmel regieren würde, während er selbst *mit der gleichen Macht* über die Menschen auf der Erde regieren könnte. Aber Gott sendete seinen Sohn auf die Erde, um uns freizukaufen und unsere Sünden zu bezahlen, wodurch wir erlöst werden können. Durch Christus kann der Mensch wieder zurück zu Gott kehren, seinen Empfindungen folgen und als würdig befunden werden. Doch durch die Sünde ist Gott durch seine Gerechtigkeit und unserem freien Willen, den er uns gegeben hat, *gezwungen* Satan zu erlauben die Menschheit davon zu überzeugen ihm statt Gott zu folgen. Deshalb kämpft Satan, um uns abzuhalten Gott zu vertrauen und Gott kämpft, damit wir glauben. Wenn Gott die Anzahl gläubiger Seelen findet, die er für sein neues Königreich will, wird Satan für immer gebunden. In diesem Kampf befinden wir uns und wir sind der Preis!"

"Und wir wissen nichts davon?", fragte Joe.

"Nein...außer, wenn wir die Bibel gelesen haben, glauben was Gott uns durch die Schrift offenbart und uns entscheiden so zu leben, wie Gott es von uns fordert", fügte Josh hinzu. "Dann fangen wir an zu erkennen, wann Satan uns angreift und wann Gott uns errettet."

"Ich kann trotzdem nicht verstehen, warum keiner davon weiß. Ich meine, wenn das alles wahr *ist*, warum wird es dann nicht in der Schule gelehrt oder in jeder Kirche...oder in Büchern oder Ähnlichem?"

"Es wird in Büchern, in der Bibel, in der Sonntagsschule und in Kirchen gelehrt und jeder *sollte* das wissen, aber wenn sich nur ein Elternteil diesem Thema verschließt und die Kinder nicht lehrt, diese wiederum ihre Kinder nicht lehren, geht das Wissen verloren und genau das will Satan! Wenn die Menschheit *nicht weiß*, was auf dem Spiel steht, macht sie sich darüber keinen Kopf...und Satan bleibt frei!"

In diesem Augenblick kam Ann zurück...sie war panisch...Tränen liefen ihr Gesicht herunter, ihre Hände zitterten, während sie sagte: "Caleb hat Fieber bekommen und hatte einen Krampf."

Matt, Josh und Sarah sahen sich an und stammelten: "Satan gibt nicht auf."

Fünftes Kapitel

WARUM GOTT, WARUM?

Das Krankenhaus hatte Ann nach Hause geschickt. Sie sollte nach den Kindern sehen, sich ausruhen, duschen und ihre Kleidung wechseln. Bevor sie ging, hatte sie nochmals nach Caleb gesehen und war versichert worden, dass er friedlich schlief und auf die gegebenen Medikamente ansprach. Das hatte sie kurzfristig beruhigt. Es kostete sie einige Kraft zu glauben, dass es mit Caleb von nun an wieder aufwärtsgehen würde. Sie dankte Debbie für ihre Hilfe und schickte sie nach Hause. Nachdem sie eine Weile mit den Kindern gespielt hatte, ging sie unter die lang ersehnte Dusche, und weil die Kinder spielten, setzte sie sich mit einer Tasse Tee an die Küchentheke. In Gedanken überprüfte sie ihre Beziehung zu Gott. Sie fühlte sich leer und glaubte, vor Gott versagt zu haben. Auch wenn sie wusste, dass es falsch war, auf das Geschehene wütend zu sein, so konnte sie dennoch nur an das Schlimmste denken. Sie konnte ihre Gedanken nicht stoppen, nicht *aufhören* wütend zu sein. Ihr Vertrauen war nicht groß genug, um die schlimmen Umstände zu akzeptieren, die sich aus Calebs Unfall ergeben konnten. Ann wusste, dass Gott ihre Einstellung enttäuschte. Sie hatte eine wichtige Glaubensprüfung nicht bestanden und als Kind Gottes versagt. *Warum zerbricht mein Glaube, wenn ich geprüft werde, obwohl ich schon eine Vielzahl an Glaubenswundern erfahren habe? Geht es anderen auch so?*

Sie stütze ihre Arme auf die Theke, legte ihren Kopf darauf und fing an zu weinen. *Muss ich alles aufgeben für das wir gearbeitet haben, so wie Abraham seinen geliebten Sohn aufgab, als Gott ihn prüfte? Muss ich wie Hiob sein, der alle Verluste einfach akzeptierte?*

Sie fragte sich, wie Abraham das Messer hatte erheben und bereit sein können, Isaak das Leben zu nehmen. Sie war sich sicher, dass sie *niemals* soviel Glauben haben konnte. Sie wusste auch, dass sie mit ihrer momentanen Einstellung nie würdig werden konnte. Schuldgefühle, Selbstanklagen und Hoffnungslosigkeit füllten ihr Herz, obgleich sie wusste, dass es Satan war, der ihr diese Gedanken und Gefühlen gab.

Etwas später kam Elisabeth, um sich um die Kinder zu kümmern. Es betrübte sie, Ann weinend vorzufinden. In ihrer liebevollen, mütterlichen Art nahm sie Ann in ihre Arme und fragte sie, ob sie ihr sagen wolle, was los sei. Aus Ann, die gewöhnlich sehr zurückhaltend war, brach alles heraus. Sie erzählte Elizabeth, dass sie vor Gott und ihrer Familie versagt hatte und Elizabeth tat ihr Bestes, sie zu trösten.

"Ann, es ist ein wichtiger Schritt sich selbst zu vergeben, wenn wir lernen wollen, anderen zu vergeben. Wir sind nicht perfekt. Und...leider *unterliegen* wir den Gedanken, die Satan uns in unseren Kopf pflanzt, bis wir sie erkennen. Gott weiß das und er weiß, dass dies ein Teil unseres Lernprozesses ist. Wenn wir ein gutes Herz haben, Gott suchen und ihn lieben, dann *lernen* wir...und *mit der Zeit* ändern wir uns: Wir vertrauen, wir wachsen. Ein Großteil unserer Schmerzen und Ängste umschließt unseren Stolz...das heißt, es geht um die Dinge...egal ob richtig oder falsch...über die wir uns definieren."

"Sei nicht so streng mit Dir, Ann. Du stehst noch unter Schock. Mit der Zeit wirst Du mit den vielen Gedanken und Sorgen, die durch diese Situation entstanden sind, umgehen können. Gott wird dir Zeit geben, zu verstehen...er wird Dir helfen zu erfahren, warum er das zugelassen hat und was Gutes daraus entstehen wird. Auch ich habe diese Gefühle teilweise erleben müssen, als mein Mann starb und dann erneut, als ich dachte, dass auch ich sterben würde und Rebecca alleine zurücklassen müsste. Damals hörte ich von den 49 Versen der Heiligen Schrift, die das Wort Hochmut beinhalten. Jeder einzelne Vers verurteilt Hochmut als eine Einstellung, die Gott missfällt und, die den Menschen entweiht. Das Wörterbuch definiert Hochmut als 'übertriebenes Selbstwertgefühl, Einbildung, Freude oder Hochgefühl über eine Position, einen Besitz oder eine Beziehung, verächtlich und hochmütig'. Als Synonyme findet man die Worte 'Egoismus', 'Arroganz' und 'sich selbst mit ungebührendem Gefallen betrachten'. Ich war schockiert, diese Definitionen zu lesen, und sah mich gezwungen über die vielen Gründe nachzudenken, aus denen heraus wir Hochmut entwickeln."

"Diese Vorstellung erschrak mich, ich fühlte mich der Liebe Gottes nicht würdig. Deshalb wollte ich verstehen, was Hochmut wirklich ist und ob ich dem schuldig war oder nicht. Ich schlussfolgerte, dass Hochmut meist durch einen Wert entsteht, den wir auf andere projizieren, wie Schönheit, Intelligenz, Reichtum, Talent, Macht, eine Stellung oder eloquente Aussprache. Ironischerweise sind das alles Segnungen von Gott und nicht etwa Dinge, die wir selbst heraufbeschwören können. Stolz zu sein auf etwas, dass wir erreicht haben, für, dass wir gearbeitet haben, für, dass wir Gott dankbar sind, ist anders zu bewerten, als wenn wir einen Hochmut zur Schau zu stellen, um uns über andere zu erheben, *auch wenn das nur in unserem Kopf so ist!"*

"Als ich in der Schrift die Verse nachlas, in denen es um den Hochmut ging, erkannte ich, dass Gott in den meisten Versen warnt, dass diejenigen die ihren Hochmut zur Schau tragen niedergedrückt werden. In Jesaja 25:11 lesen wir, *"Und...so wird doch der Herr seinen Hochmut niederdrücken trotz allen Mühens seiner Arme."* Daniel 5:20 warnt, *"Als sich aber sein Herz überhob...da wurde er vom königlichen Thron gestoßen..."* Obadja 2-4 berichtet uns *"Siehe...der Hochmut deines Herzens hat dich betrogen... Wenn du auch in die Höhe führest wie ein Adler...dennoch will ich dich von dort herunterstürzen, spricht der Herr."*

"Das heißt, wir müssen festlegen, ob wir Gott in unserem Leben wirklich an erste Stelle setzen möchten, ob wir erkennen wollen, dass wir nur durch ihn sind, was wir sind und wir müssen bereit sein einen Schlag gegen unseren Hochmut hinzunehmen, uns in Demut zu üben. Trotz der Dummheit des Menschen, und obwohl er aus Gottes Gnade gefallen ist, gibt Gott uns immer eine zweite Chance, erlöst zu werden; eine zweite Chance uns zu ändern, indem wir seine Worte erfahren und daraus auch lernen, wie wir uns verhalten müssen...was gottgefällig ist und was nicht. Wenn wir ihn erkennen, und versuchen...danach streben...die Fehler zu korrigieren vergibt uns Gott unsere Fehler gnädig."

"Wenn wir aber das Übel nähren, das Hochmut und Arroganz in unser Leben bringt, wenn wir Gottes Wort nicht kennen oder beachten, wird der Tag kommen, an dem wir von diesem Geist übermannt werden, nicht mehr länger Gnade empfangen können und vielleicht auch unser Seelenheil verlieren. Gott wird das Bescheidene und die Demut formen."

"Ja Elizabeth, Du hast recht. Ich erinnere mich im Buch der Sprüche sehr ausführliche Beschreibungen über den Hochmut gelesen zu haben und wie er sich auf unser geistiges Leben auswirkt. Das Buch der Sprüche sagt, dass der Hochmut ein böser Geist ist, der aus unserem Herzen ausgetrieben werden muss. Insbesondere lesen wir in Sprüche 16:18: *"...Hochmut kommt vor dem Fall."* In Sprüche 8:13 heißt es, *"Die Furcht des Herren hasst das Arge; Hoffart und Hochmut, bösem Wandel und falschen Lippen bin ich Feind."* In Sprüche 11:2 lesen wir, *"Wo Hochmut ist, da ist auch Schande..."* und Sprüche 29:23 warnt *"Die Hoffart des Menschen wird ihn stürzen..."*

"Genau, Ann. Auch Zefanja zeigt uns, dass Hochmut etwas Schlechtes ist. In Zefanja 2:10-11 lesen wir, dass der Hochmut vom 'Gott der Erde' kommt und genauso wird in Markus 7:20-23 Bezug darauf genommen, *"...Was aus dem Menschen herauskommt, das macht den Menschen unrein...böse Gedanken...Arglist...Hochmut..."* All diese Warnungen vor dem Hochmut können in zwei Verse gefasst werden. Einen finden wir im 1. Johannes und den anderen im 1. Timotheus. Im 1. Johannes 2:16 wird gesagt: *"Denn ...hoffärtiges Leben, ist nicht vom Vater, sondern von der Welt. Und die Welt vergeht mit ihrer Lust; wer aber den Willen Gottes tut, der bleibt in Ewigkeit."* 1. Timotheus 3:6 warnt: *"...damit er sich nicht aufblase und dem Urteil des Teufels verfalle."* Leider bemerken wir unseren Hochmut selten."

"Es gibt auch zahlreiche Passagen in der Schrift, die uns zeigen, welche Fortschritte wir als Kinder Gottes machen. Das sind Maßstäbe, an denen wir unseren Fortschritt auf dem Weg zum Überwinder messen können. Sie helfen uns zu verstehen, was wir erreicht haben oder auch nicht und was wir erreichen müssen oder nicht. Was wir aber manchmal vergessen ist, dass wir ohne Demut...nicht in die Realität unserer persönlichen und tödlichen Sünden zurückgebracht werden können. Die Schrift sagt uns, dass wir nicht nur Sünder sind, sondern auch schlechte Herzen haben."

"Trotz unseres Ringens danach Christus ähnlicher zu werden, sind wir weit davon entfernt, wie er zu sein. Wir können unser Leben nur durch unseren himmlischen Vater und durch die Gnade, die er durch Christus anbietet, ändern. In 2. Korinther 12:7-11 lesen wir, dass sogar Apostel Paulus an seine Fehlbarkeit erinnert werden musste. Apostel Paulus bat Gott, den Pfahl aus seinem Fleisch zu entfernen. Gott antwortete ihm, dass er den Pfahl ertragen solle, weil Gottes Gnade genüge, um den Schwachen zu stärken. Es war dieser "Pfahl" oder die "Fehlbarkeit", welche Apostel Paulus demütig bleiben lies; ihn daran erinnerte, dass er nicht perfekt war und ihn vor allem daran erinnerte, dass er ohne das Eingreifen Gottes nie für würdig befunden werden würde. Und Paulus war ab da sehr dankbar dafür!"

Ann hörte auf zu weinen und fing an zu verstehen, was sie vielleicht lernen musste. Sie sagte: "Ich erinnere mich, Elizabeth, dass uns die Schrift auch lehrt, dass das was wir bei anderen als Fehler erkennen oft nichts ist im Vergleich zu unseren eigenen Fehlern. Matthäus 7:3-5 erklärt, dass wir vielleicht an einem Splitter im Auge des Nächsten Anstoß finden, während wir einen Balken im Auge haben. Trotzdem wehrt sich unsere menschliche Natur dagegen, dass das stimmen könnte. Wir...ich...minimiere, rationalisiere und rechtfertige unsere...meine eigenen Fehler nur zu leicht, während wir die Fehler der anderen maximieren. Aber nun kann ich sehen, dass das Schöne an unserem Glauben ist, dass wir anfangen uns zu verändern, sobald wir unsere Fehler zugeben. Aus seiner unendlichen Liebe heraus, erlaubt uns Gott, zu stolpern, manchmal auch uns zu blamieren, damit wir Beschämung, Traurigkeit, Reue oder sogar Angst empfinden...und dadurch sind wir gezwungen, unsere Fehlbarkeit anzuerkennen. Das schwächt den Hochmut, der unsere Seele schädigen kann."

"Das stimmt, Ann. Wenn Kinder sehen, wie sich Menschen ihre Fehler eingestehen, die Fehler anderer schnell vergeben können und Gott in allen Dingen preisen, lernen sie frühzeitig diese Dinge, mit denen andere jahrelang Schwierigkeiten haben. Kinder sind unsere Zukunft. Leider werden viele von ihnen weder über Satan aufgeklärt noch über das, was Gott uns lehren möchte. Kinder lernen Hochmut von hochmütigen Eltern und Bescheidenheit, indem sie sehen, wie ihre Eltern bescheiden bleiben."

"Es ist natürlich auf unser Zuhause, die Arbeitsstelle, den Ehepartner, die Kinder stolz zu sein...und Gott missbilligt das nicht, solange wir es dem Stolz nicht erlauben, sich über Gottes Willen für unser Leben zu stellen. Hiob verlor *alles*, wofür er hart gearbeitet hatte. Der verlorene Sohn verlor sein komplettes Erbe und Abraham beinahe das eine im Leben, wonach er sich lange gesehnt hatte...aber schlussendlich hat Gott ihnen *nichts* weggenommen...am Ende hat Gott sie gesegnet, weil sie in ihrem Herzen dazu bereit gewesen waren loszulassen...einfach, weil *Gott sie dazu aufgefordert hatte.*"

"Aber Elizabeth, wie soll ich das schaffen? Wie kann ich aufhören, mich zu fragen, warum Gott so eine Katastrophe im Leben eines guten Mannes zugelassen hat? Caleb hat Schmerzen, er ist verletzt, die Genesung kann sehr lange dauern, er könnte alles verlieren, wofür er gearbeitet hat...und ich soll mich nicht sorgen? Nicht besorgt sein? Gott nicht fragen, warum das passiert ist?"

"Nein Ann, Du sollst *all* Deine Gefühle mit Gott besprechen, die Guten *und* die Schlechten. Dann musst Du ihm sagen, dass Du die schlechten Gedanken bereust und ihn bitten, Dir zu helfen, sie zu überwinden *und ihm zu vertrauen.* Wenn Du so betest, baust Du damit eine Art Schutzwand um Dich, sodass diese Gedanken Dich nicht mehr so beeinflussen können, wie Satan es gerne hätte. Wenn Du das so tust, wird sich Deine ganze Einstellung ändern und Du wirst zu einer positiveren Kraft für Caleb werden. Gott will, dass Du ihm Deine Loyalität beweist, indem Du ihm zusammen *mit* Caleb und Kindern vertraust."

"Oh Elizabeth, glaubst Du, dass ich das kann? Ich möchte so gerne das Richtige tun...es ist nur, dass ich nicht weiß wie! Und...und nun, es scheint so ungerecht und schwer umsetzbar."

"Das ist verständlich, Ann. Deshalb lehrt Dich Gott. Wir wissen nicht von *Geburt an,* was gottgefällig ist. Wir müssen da reinwachsen. Wir müssen lernen. Indem wir Böses erleben, erkennen wir, was böse ist und indem wir Gutes erfahren, lernen wir, was gut ist...und dann müssen wir uns durch unseren freien Willen entscheiden, welchen Weg wir gehen wollen. Diese Entscheidung kann uns zu einem Kind Gottes machen. Der einfachste Weg für Satan unseren Glauben zu brechen ist, uns etwas wegzunehmen und uns in Wut oder Verzweiflung über diesen Verlust zu versetzen. Ob reich oder arm, es ist menschlich, dass wir Verluste hassen und uns wünschen, dass wir das, was wir als 'unser Eigentum' gesehen hatten, zurückbekommen. Diese Einstellung kommt von der adamähnlichen Natur, die Satan beeinflussen kann und nicht von der neuen, göttlichen Natur, von der Gott möchte, dass wir sie entwickeln."

"Tatsächlich sind wir oft so hochmütig, dass wir im Falle eines Verlusts, meist *erwarten*, dass wir das was uns genommen wurde, im Laufe der Zeit mit Gebet von Gott *zurückbekommen*. Genau in solchen Momenten wird unser Glaube intensiv geprüft und wir müssen Gott ernstlich vertrauen, damit wir jenen Verlust völlig akzeptieren *können*. Einen Verlust zu akzeptieren, indem wir unsere Bedenken in Gottes Hand legen, führt uns sicher zu dem Segen, den er für uns bereithält."

"Elizabeth ist Dir das auch passiert, als Dein Ehemann starb...als seine Krebserkrankung nicht geheilt werden konnte."

"Ja Ann, so ging es mir auch. Schlussendlich hat diese Erfahrung mich näher zu Gott gebracht, tiefer in Mary und Kevins Leben gelassen und auch in Euer Leben. Somit war es nicht vergebens. Ich glaube, dass ich mit meinem Mann eines Tages wieder vereint werde und dass Gott seine Gründe hatte. Nicht nur für das, was passiert ist, sondern auch für den *Zeitpunkt*, an dem es passiert ist. Jemand hat mir einmal gesagt, dass Gott uns heimholt, wenn wir den während unserer Erdenzeit höchstmöglichen spirituellen Entwicklungspunkt erreicht haben...statt Satan zu erlauben, uns zu überwältigen. Das ist ein tröstender Gedanke. Ich glaube, dass mein Mann einen wunderbaren spirituellen Entwicklungsstand erreicht hatte, als er starb."

"Ich bin beschämt, wenn ich denke, dass es nur mein Hochmut ist, der mich dazu bringt mich zu sorgen, Elizabeth. Das scheint so selbstsüchtig von mir."

"Nun, Ann...es ist egoistisch...aber es ist auch eine Form des Selbstschutzes. *Die adamähnliche Natur muss sich selbst schützen, weil sie ohne Gott nicht bewahrt werden kann. Die christähnliche Natur verschenkt alles, weil sie darauf vertraut, dass Gott für sie sorgt.* Du hörst schlicht auf deinen 'Adam' statt Dich 'Christus' zu übergeben und wenn Du dieses Phänomen einmal verstanden hast, kannst Du Deine eigene Entscheidung treffen und *wählen* wem Du 'zuhören' willst! Du lernst und entwickelst Dich so, wie Gott es für Dich will."

"Erinnerst Du Dich an die Geschichten, die Caleb, Sarah und Josh oft über ihre Großmutter erzählen, wie sie mehrmals am Tag das Wort "NEIN" laut herausschrie? Großmutter sagte ihnen, dass ihr bewusst war, dass die Gedankenvögel, die sie nicht unterhalten sollte, über ihrem Kopf kreisen. Sie wollte nicht, dass sie Nester bauen und deshalb verscheuchte sie die Vögel."

"Ha ha, ja Elizabeth, ich erinnere mich...also...Du sagst, dass ich mich entscheiden kann, was ich denken und fühlen *will* und Gott bitten kann, mir zu helfen...und, dass er das dann auch tun wird? Und Du meinst auch, dass ich *wählen* kann, zu vertrauen, auch wenn ich daran arbeiten muss? Du meinst, dass ich zu negativen Gedanken "NEIN" sagen kann?"

"Genau, Ann! Jetzt freu Dich und fang an zu üben! Du wirst den Bogen schnell raushaben und sehen, wie Gott in Deinem Leben arbeitet...auch, falls es nicht exakt das ist, was Du Dir vorgestellt hast, so wird mit der Zeit etwas ´sichtbar, das Deine eigenen Vorstellungen *übersteigt*."

"Danke Elizabeth, jetzt fühle ich mich wirklich besser. Ich muss über Vieles nachdenken und viel üben! Und jetzt, wo Du für die Kinder da bist, denke ich, sollte ich zurück ins

Krankenhaus fahren. Du bist ein Geschenk des Himmels, danke!"

"Süße, Gott wird immer einen Weg finden uns zu trösten, ob durch einen Menschen, ein Buch, einen Film, einen Gottesdienst, eine TV-Show...das spielt keine Rolle...aber er ist immer da, um uns zu lehren und zu helfen. Wir müssen einfach nur offen sein, wenn er mit seiner liebenden Unterweisung zu uns kommt!"

Mit einem, zum ersten Mal seit vielen Stunden, beschwingten Herzen küsste Ann ihre Kinder, umarmte Elizabeth, nahm ihre Tasche und fragte nicht mehr *'Warum Gott, warum'*?

Sechstes Kapitel

DER ÜBERWINDUNGSKAMPF

Etwa sechs Wochen später konnte Caleb endlich medizinisch für die Knieoperation freigegeben werden. Richard erklärte den generellen Ablauf der Kniegelenksimplantation und was Caleb hinsichtlich der Operation und der Erholungsphase zu erwarten hatte. "Die Operation dauert ca. zwei Stunden...vielleicht auch ein wenig länger, falls ich mehr Schäden feststelle als erwartet.

Du wirst eine Spinalanästhesie bekommen und dadurch beim Aufwachen keine Nebenwirkungen haben. Ich bin beim Veröden sehr vorsichtig, um den Blutverlust gering zu halten...es gibt aber immer einen Blutverlust und manchmal ist eine Bluttransfusion notwendig, auch wenn meine Patienten so etwas selten brauchen. Eine milde Anämie können wir nach der Operation behandeln. Caleb, ich muss Dich vorwarnen...weniger, was die Operation betrifft, aber die Genesungsphase ist für den Patienten schwierig. Sie ist arbeitsintensiv und man braucht Ausdauer. Sie ist schmerzhaft, zeitaufwendig und man erleidet leicht Rückschläge, wenn man die Übungen nicht macht."

"Du sagtest 'zeitaufwendig'...wie viel Zeit, Richard?"

"Das hängt stark von Deiner körperlichen Verfassung vor der Operation ab, von Deinem Willen, die empfohlenen Übungen auch über den Genesungsprozess hinaus durchzuführen *und* von Deinen Selbstheilungskräften. Ich denke, in Deinem Fall wirst Du in drei Monaten alleine zurechtkommen und in sechs Monaten, bis einem Jahr, wirst Du wieder alles tun können, was Du vor Deinem Unfall getan hast. Aber manchmal kann es auch bis zu zwei

Jahre dauern, bis man wieder so gut wie neu ist. Das zweite Knie können wir einen oder zwei Monate danach operieren, dafür musst Du also auch noch etwas Zeit einplanen."

"So viel Zeit habe ich nicht! Ich muss arbeiten! Ich muss das Einkaufszentrum fertigstellen! Ich darf meine Arbeit nicht verlieren!"

"Hör mir zu: Höchstwahrscheinlich kann ich Dir die Arbeit, in einem sehr beschränkten Rahmen erlauben...aber nach der OP darfst Du nicht riskieren, das was wir repariert haben zu schädigen, sonst Du wirst wieder am Anfang stehen. Ich muss über Deine Arbeiten informiert sein, wissen, auf welchen Untergründen Du Dich bewegst, welche Gefahren davon ausgehen könnten, in welcher Position Du Deine Knie hältst und für wie lange und wann Du die ganzen Rehamaßnahmen durchführen wirst, die ich Dir *auftragen* werde."

"Aber Richard, Du verstehst nicht! Wenn sie mich in der Arbeit ersetzen, denken, dass ich nicht kurzfristig wieder zurückkomme...dann weiß ich nicht, was passieren wird!"

"Lass uns das eruieren, bevor wir eine Entscheidung treffen. Lass uns mit Deinem Vorgesetzten sprechen und ihn fragen, ob es hier Richtlinien gibt, denen er folgen muss. Das ist schließlich ein Arbeitsunfall und/oder kurzfristig ein Fall von Berufsunfähigkeit, würde ich sagen. Also bevor wir uns auf etwas stürzen, sollten wir Fakten haben."

"Ja, ich denke Du hast recht", antwortete Caleb. "Aber sag mal, gibt es einen Grund, warum Du nicht beide Knie auf einmal machen kannst?"

"Ich habe schon einmal beide Knie gleichzeitig operiert, aber ich mache das nicht regelmäßig und empfehle das generell auch nicht. Das Risiko und der Blutverlust sind höher. Die Narkose dauert länger, es ist ein größeres Trauma für Deinen Körper und die Erholungsphase ist schwieriger...das musst Du alles berücksichtigen."

"Ich möchte beide Knie gleichzeitig gemacht bekommen, Richard, um schneller wieder zur Normalität übergehen zu können. Es macht auch medizinisch Sinn, zumal beide Knie verletzt sind. Wenn ich das kaputte Knie durch das operierte Knie mehr belasten muss und es dadurch weiter schädige, ist das ja ein Widerspruch in sich, oder nicht?"

"Gut Caleb, Du hast gewonnen! Manchmal bist Du schlauer, als Dir gut tut! Aber versprich mir, dass Du Dich immer mit mir absprechen wirst. Ich habe Fälle erlebt, in denen die Heilung durch den Gemütszustand behindert wurde. Es ist lobenswert, dass Du schnell gesunden willst, aber manchmal dauert das einfach. Wenn Du Dich zu sehr unter Druck setzt, kann das den Heilungsprozess gefährden und weitere Schmerzen verursachen. Das kann dann auch zu seelischen Schmerzen führen, was Dich zusätzlich belasten würde. Während wir für gewöhnlich körperliche Schmerzen unter gewissen Umständen als normal betrachten, haben wir oft Schuldgefühle, wenn wir seelische Schmerzen zum Ausdruck bringen. Ich möchte also, dass Du mit mir sprichst, ehrlich zu mir bist, OK?"

"Richard, ich liege schon seit Wochen hier im Bett und denke an das, was uns die Schrift in Römer 8:28 sagt, *"Wir wissen aber, dass denen, die Gott lieben, alle Dinge zum Besten dienen."* Deshalb versuche ich fröhlich zu sein, unabhängig davon, wie ich mich *wirklich* fühle. Aber ich *weiß*, ich *weiß* einfach, dass ich beide Knie auf einmal operieren lassen soll. Ich weiß auch, dass die Kinder Gottes von Satan körperliche, seelische und emotionale Schmerzen erwarten dürfen und dass unser himmlischer Vater in seiner liebenden Güte und Gerechtigkeit versprochen hat, diesen Schmerz in einen Segen zu wandeln. Ich glaube auch, dass unser himmlischer Vater aufgrund des Sündenfalls bestimmt hat, dass unser Leben ein Übungsfeld ist, auf dem wir lernen zu dem zu werden, was er sich von uns erhofft. Deshalb lässt er unsere schwierigen Verhältnisse zu *einer Kennzeichnung unserer charakterlichen Entwicklung werden* und zu der Bereitschaft, die von denjenigen erwartet wird, die zu der Braut werden, die er für seinen Sohn will."

"Aber, Caleb, lass uns ehrlich sein. Es gibt Situationen, in denen wir Schmerz erleben oder den Schmerz derer, die wir lieben, sehen und uns im Stillen fragen, wie sich das Versprechen, dass uns alle Dinge zum Besten dienen, hier zutreffen kann. Während wir glauben, dass die Schrift Gottes persönliche, genaue und unumstößliche Weisung ist, vergessen wir oft, ihn darum zu bitten, uns das Geheimnis seiner Worte zu entschlüsseln uns zu helfen, ihr Wunder zu verstehen und zu verinnerlichen, wie seine Weisung angewandt wird. Wir leiden im Stillen und geben nicht zu, dass wir innerlich mit dem Hadern, was wir erleben und dann bekommen wir Schuldgefühle. Das Glück, das wir an das Verlorene oder möglicherweise Verlorene geknüpft haben, wiederzuerlangen, wird nicht nur zu unserer neuen Hoffnung, sondern auch zu unserer Erwartung. Aber es *könnte sein, dass das was wir wollen, nicht gut für uns ist."*

"Richard, ich stimme Dir wirklich zu...manche Menschen argumentieren, dass sie recht gut und gläubig waren und künftig zu noch besseren und gläubigeren Menschen werden. Deshalb erwarten sie, dass Gott der Allmächtige ihnen hilft, indem er ihnen das *zurückgibt,* was sie verloren haben. Wenn sie die Geduld beim Warten verlieren oder denken, dass sie *nichts zurückbekommen*, geben sie Gott die Schuld dafür und wundern sich, warum er nicht geholfen hat, selbst wenn er ihnen eine Antwort gegeben hat...die sie aber nicht hören wollten! Vielleicht haben sie vergessen, dass Satan lebt und dass es sein Ziel ist, unseren Glauben zu brechen. Ich werde das bei mir nicht zulassen."

"Ja, vielleicht vergessen Viele, dass der Lohn den Gott seinen Kindern versprochen hat, erst nach großen Opfern, bestandener Feuerprobe und durch das Akzeptieren des Willens Gottes ausgezahlt wird. Das kann dazu führen, dass wir unsere Wut und Ungeduld gegen Gott, statt gegen Satan oder das richten, was uns fehlt. Es ist schrecklich zu leiden, zu sehen, dass das wofür wir gearbeitet haben, was wir erhofft haben, was wir als selbstverständlich erachtet oder erwartet haben, plötzlich weg ist und unwiderruflich fort scheint. Es wird noch schwerer, wenn diejenigen, die von uns abhängig sind, ebenfalls durch unseren Verlust leiden. Manchmal *müssen* wir Gott fragen 'Warum?'"

"Aber müssen wir nicht während wir Trübsalstage erleben, nach dem Glauben streben, dass Gott mit uns ist, und müssen wir nicht darauf vertrauen, dass er uns durch die Schwierigkeiten hilft und seinen Willen in unseren Verhältnissen akzeptieren? Damit das klappt, müssen wir ein gewisses Maß an Frieden im Herzen tragen. Frieden ist ein kostbares Gut. Viele von uns versuchen, den Frieden, den wir haben zu erhalten, aber manchmal stocken wir und unsere Probleme treiben den Frieden aus unserem Herz."

"Du hast recht, Caleb, aber ich möchte, dass Du nochmals genau darüber nachdenkst. Unsere Geduld ist oft begrenzt und unsere guten Absichten entwickeln sich manchmal nicht. Wenn Du willst, dass beide Knie zur selben Zeit operiert werden, werde ich das tun, aber Du musst daran denken, wie hart das für Dich wird...und für Ann."

"Richard, die Heilige Schrift lehrt uns, dass sowohl unser himmlischer Vater als auch sein Sohn uns ihren Frieden anbieten, wenn wir Hilfe brauchen. In Philipper 4:7 lesen wir: *"Und der Friede Gottes, der höher ist als alle Vernunft, bewahre eure Herzen und Sinne in Christus Jesus."* In Johannes 14:27 sagt Christus: *"Den Frieden lass ich euch, meinen Frieden gebe ich euch; nicht gebe ich euch, wie die Welt gibt. Euer Herz erschrecke nicht und fürchte sich nicht."* Aber was sollen wir tun, wenn wir unsere Stärke und den Frieden verlieren? Und warum verlieren wir sie? Die Schrift berichtet uns, dass Satan die Kinder Gottes angreift und dass er weiß, *wo* wir am verwundbarsten sind. Wir lernen aus der Schrift auch, dass Gott Satan erlaubt uns anzugreifen, weil wir dadurch die Möglichkeit haben, im Glauben zu wachsen und in diesem Prozess veredelt werden können. Gott würde uns keine Kraft anbieten, wenn wir sie nicht bräuchten. Und auch wenn ich weiß, dass uns sogar Philipper 4:13 mit den Worten bestärkt: *"Ich vermag alles durch den, der mich mächtig macht."*, so geht es hier doch um meine Familie, meine Lebensgrundlage, unsere Zukunft und deshalb muss ich mein Vertrauen in Gott setzen, damit er es richtet."

"Caleb, ich achte Dich für viele Dinge...eins davon ist Dein Glaube. Er ist schön und bewundernswert. Vielleicht ist das jetzt *deine* Prüfung, und obwohl ich weiß, dass Du es *kannst*, hoffe ich, dass Du so, wie Du es anderen oft geraten hast, wirklich loslassen wirst und Gott wirken lässt. Du bist auch nur ein Mensch, weiß Du?!"

"Ja ich weiß. Das ist das Problem. Es sagt sich leicht! Aber ich verlasse mich darauf, dass Satan *gehen* wird, sobald er merkt, dass wir ihn durchschaut haben und wenn er sieht, dass unser Herz für das von dem er dachte, dass es uns zerstören würde, mit Dankbarkeit erfüllt ist. Er wird erkennen, dass er den Kampf verloren hat! Ich *versuche*, zu akzeptieren und zu vertrauen. Ich bin wirklich entsetzt, dass ich damit Probleme habe. Ich weiß was die Schrift uns über Angst, Schmerz oder die Trübsal, die wir erleben, lehrt. Im Prinzip versteht man das am Besten, wenn man sieht, was Jesus erleben musste, was er fühlte und zum Ausdruck brachte. Sein Verhalten ist uns ein Vorbild. Christus sprach die Worte: *"Nimm diesen Kelch von mir,"* das zeigt deutlich, dass er das, was ihn erwartete, nicht durchleben wollte. Er bat Gott, ihn nicht aufzufordern, diese schreckliche Erfahrung aushalten zu müssen. Obwohl mein Schmerz nicht im Ansatz dem gleichkommt, was Jesus für uns ertragen hat, denke ich doch, dass die Erfahrung Christi mich lehrt, mich nicht schuldig zu fühlen, wenn ich Gott bitte, meine Verhältnisse zu ändern. Aber ich werde versuchen, von der Liebe Jesu und seinem Vertrauen in seinen Vater, zu lernen. Dadurch konnte Jesus sich seinem Opfer für uns hinzugeben und es rief den Seelencharacter hervor, der ihn veranlasste die Worte *"doch nicht, wie ich will, sondern wie du willst"* zu sprechen, nachdem er darum gebeten hatte, dass diese Last hinweggenommen werde."

"Christus wird mein Vorbild sein, Richard. Es zeigt uns, dass Gott uns natürlich gestattet, unsere Ängste und Schmerzen zum Ausdruck zu bringen und unseren Wunsch, nach einer Änderung unserer Umstände. Wir werden nicht dafür verurteilt, oder als mangelhaft bewertet, wenn wir Gott bitten, unsere Last von uns zu nehmen, aber wir sollten an den Punkt kommen, wo wir Gottes Wille *akzeptieren,* und unser Bestes tun, die Umstände zu *nutzen,* um unseren Charakter unter Beweis zu stellen."

"Alles, was Du sagst, stimmt, Caleb. Unsere Schwierigkeiten werden dann zu einem Kennzeichen unseres Vertrauens und in unserem Herzen akzeptieren wir dann die Entscheidung, die unser himmlischer Vater trifft...egal wie die Umstände auch aussehen. Wie wir unsere Probleme anpacken, wird im Grunde, zu einem Gradmesser unserer spirituellen Reife und unseres spirituellen Charakters. Das Wunder, das sich einstellt, wenn wir unsere Gedanken und Taten so *anpassen,* wie es Christus tat, als er seinen herzzerreißenden Umständen gegenübertrat, ist, dass unser Leid oftmals verschwindet, wenn wir uns Gottes Willen fügen. Besonders wenn wir die Justierung akzeptieren oder die beabsichtigte Lektion gelernt haben."

"Sobald Satan merkt, dass er weder unseren Glauben noch unser Vertrauen brechen kann, hat er keinen Grund mehr, uns weiter zu belästigen. Wir werden dann nicht nur oft aus der Gefangenschaft Satans *befreit,* sondern sind auch oft weiser und vertrauenswürdiger, weil wir die Prüfung, der Gott uns durch diese Umstände unterzogen hat, gemeistert haben."

"Ja Richard, Du hast recht und es ist etwas natürlich schweres Leid zu erfahren, egal ob durch den Tod eines Kindes, eine schwächende Krankheit, einen schlimmen Verrat oder dadurch, dass wir zusehen müssen, wie Menschen die wir lieben leiden...oder das durchmachen müssen, was ich durchmache. Ich erinnere mich, dass ich mich mit dem Wunsch Jesus, Gott möge, den Kelch von dem er trinken sollte von ihm nehmen, und seiner darauf folgenden Worte der Hingabe beschäftigt habe. Ich begann zu verstehen, was ihn diese Leistung kostete. Wenn wir erkennen, was Jesus ertragen hat und sein Opfer mehr schätzen, wird unser eigenes Leiden viel geringer, weil wir erkennen, dass es uns und vielleicht auch denen, die wir lieben, zugutekommt. In Markus 14:34 werden Christis emotionale Schmerzen mit den Worten beschrieben: *"Meine Seele ist betrübt bis an den Tod."* Was wenige von uns erkennen ist, dass Christus später seinen Wunsch, Gott möge 'den Kelch von mir nehmen,' ein zweites Mal äußerte. Das zeigt, wie sehr er unter dem litt, von dem er schlicht *dachte*, dass es kommen würde. In Markus 14:39 heißt es: *"Und er ging wieder hin und betete und sprach dieselben Worte."* Wenn wir in einer Situation gefangen sind, von der wir denken, dass sie nicht enden wird oder ungerecht ist und Gott bitten, diese Verhältnisse zu ändern, müssen wir uns deshalb nicht schlecht fühlen, solange unser Herz wirklich möchte, dass Gottes Wille über allem steht. Das ist bezeichnend für das Vertrauen, das wir in Gottes Pläne für unser Leben und das Leben derer setzen, die wir lieben. Wir können zu der Braut wachsen, die Gott für seinen Sohn möchte, wenn wir Selbstbeobachtung praktizieren, uns fragen, ob wir darauf vertrauen, dass uns alles zum Besten dient, wie die Schrift es lehrt, und ob wir unsere Verhältnisse aushalten wollen, um unseren Charakter zu entwickeln. Wenn wir uns diese Fragen stellen und unseren himmlischen Vater bitten, uns zu helfen aus unseren Erfahrungen zu lernen, können wir uns von ganzem Herzen und mit großer Zuversicht von den Worten *"Lass diesen Kelch an mir vorübergehen"* weg und hin zu *"Dein Wille geschehe."* bewegen. Diese Einstellung erlaubt es Gott in unser Herz zu dringen und ermöglicht es die Veränderung hervorzurufen, die wir benötigen."

"Ja Caleb, Christus fürchtete die Umstände, die er durchleben sollte. Er hatte Angst, er fand sich selbst ohne jegliche irdische Unterstützung und ohne einen wahren und loyalen Freund. Sein Trank war bitter; es waren die bittersten Umstände, die wir uns vorstellen können, dennoch, weil er uns liebte, blieb er standhaft und er vertraute auf das und gehorchte dem, was sein himmlischer Vater für ihn bestimmt hatte."

"Richard, Satan nutzte alles, was er hatte, gegen Christus, aber Christus blieb standfest. Deshalb muss auch die Braut Christi in ihrem Vertrauen und ihrem Gehorsam gegenüber Gott standhaft bleiben und ihre Ängste und Sorgen ehrlich vor Gott bringen. Sie kann sich sicher sein, dass Gott sie liebt, ihre Tränen sieht, sie durch ihre Verhältnisse trägt und einen Segen daraus entstehen lassen wird."

"Unser Charakter, der aus der Fähigkeit besteht zu lieben und zu vergeben, Mitgefühl und Verständnis zu haben, sich Gottes Willen zu fügen, loyal zu sein und Gott vorbehaltslos zu vertrauen, wird daran gemessen, wie wir mit unseren Verhältnissen umgehen. Diejenigen, die diese Eigenschaften entwickelt haben, werden zu den fünf weisen und nicht zu den törichten Jungfrauen gehören und werden als würdig befunden werden, wenn der Herr wiederkommt, um seine Braut zu holen. Unser Leiden und unsere Trübsal dient daher einem höheren Zweck. Wie wir damit umgehen, wird für die Menschen um uns ein Vorbild sein. Wie wir Notzeiten handhaben, zeigt den Grad unserer spirituellen Reife. Das sind ein paar der Segnungen, die Gott aus unseren Schmerzen schafft, und erklärt, warum alle Dinge denjenigen zum Besten dienen, die Gott lieben."

"Caleb...halte Dich an dem fest, was Du mir gerade gesagt hast. Du hast Dich mit den Fakten beschäftigt und mit der Tatsache, dass Du am Ende vielleicht keine Arbeit und kein Geld mehr haben und kurzfristig vielleicht denken wirst, dass Gott Dich nicht hört. Aber wenn wir Gottes Wort kennen und uns die Tröstung dieser Worte zu Herzen nehmen, haben wir das Böse besiegt und sind durchs Feuer gegangen. Wir können uns auch sicher sein, dass Gott uns bald segnen wird. Wir wissen auch, dass wir nie an einem

Punkt fallen werden, von dem aus wir nicht mehr aufstehen und uns durch die Erfahrung verbessern können. Die Geschichte von Hiob zeigt uns, dass Gott alles wieder herstellen kann und dass er, wenn wir gläubig bleiben und ihm vertrauen, an seine Gerechtigkeit gebunden ist, mit uns zu gehen und uns durch alle Dinge zu tragen."

"Richard...danke für dieses Gespräch. Ich glaube ich habe zu viel geredet, aber ich denke, dass ich einfach Angst habe, vielleicht jemand zu sein, der zwar redet aber nicht handelt. Ich habe Angst...nicht alle Erwartungen zu erfüllen. Ich bin mir nicht sicher, ob ich das was wir alles besprochen haben, umsetzen kann, aber ich weiß, dass ich es *will*. Ich denke, ich mache mir einfach Sorgen wegen der Zeit, in der ich bangen muss, wenn Ann und ich bangen müssen, wenn ich vielleicht große Schmerzen habe und sehr ungeduldig sein werde, vielleicht sogar entmutigt oder gar wütend. Aber wenn ich mich einfach wieder an dieses Gespräch erinnere, kann ich es vielleicht...vielleicht halte ich durch...vielleicht kann ich Gott dann mehr vertrauen, dass er sich um den Ausgang kümmern wird."

"Na also, das ist der Caleb, den ich kenne und liebe...und glaub mir, ich werde Dich an dieses Gespräch erinnern, wenn Du anfängst, Dich zu beklagen!"

Siebtes Kapitel

ERFOLGE UND FEHLSCHLÄGE

Endlich wurde ein Termin für die beidseitige Knieoperation angesetzt. Als der Anästhesist kam, um vor der Operation die Einzelheiten zu besprechen, fragte Caleb, ob er bei einer Spinalanästhesie mitbekommen würde, wie die Sägen die vier Knochenkanten in seinen Beinen abrasieren oder ob er hören würde, wie der Gummihammer die Prothesen in diese Knochen einhämmerte. "Dok, ich will das lieber nicht hören...das ist so...endgültig. Wissen sie...man fühlt sich plötzlich als würde ein Teil von einem verschwinden.

Das klingt vermutlich komisch, aber können Sie mich nicht einfach abschießen?"

"Klar können wir das, Caleb. Es gibt Medikamente, die nur kurzfristig wirken und, über die Infusion eingeleitet werden können. Ich werde Sie genau beobachten und es wird Ihnen gut gehen!"

"Danke, Dok...ich glaube ich bin wehleidiger, als ich dachte!"

Während er wartete, um in den Operationssaal geschoben zu werden, dachte Caleb an seine Arbeit. Keiner seiner Vorgesetzten wollte vor der OP mit ihm über seinen Job sprechen. Das bereitete ihm Sorgen. *Sind sie einfach nur nett oder würden mich die Fakten umhauen?* Egal, bis Ende der Woche würde er sicherlich von ihren Plänen erfahren haben. Er und Ann hatten über die Momente gesprochen, in denen sich ein Christ mit schwierigen Prüfungen konfrontiert sieht, die unüberwindbar scheinen. Sie sprachen darüber, wie schwer es war, den eigenen Glauben zu reflektieren, wenn man zwar alles getan hatte, von dem sie wussten, dass es gottgefällig war, aber *trotzdem* Angst hatte. Caleb hatte Ann gefragt, was sie von jemandem hielt, der vielleicht versucht hatte, die ihn beherrschenden Fehler zu ändern, während sich die Umstände, in denen er sich befand, nicht änderten. Nach Monaten oder Jahren des Kampfes; nachdem dieser Mensch Gottes Wort gelernt und praktiziert und um Hilfe gebeten hatte und es schien als würde keine Hilfe kommen, wäre es da nicht normal und konsequent, wenn er Gott fragen würde, warum sich seine Umstände nicht änderten? Vielleicht würde er sogar fragen, wo Gott in seinem Leben sei. Machen ihn diese Fragen zu einem weniger guten Christen?

"Das glaube ich nicht, Caleb. Gott weiß, dass Satan die Verzweiflung geschickt nutzt, um den Kindern Gottes den Glauben und die Hoffnung zu rauben und sie in einer depressiven Stimmung zu erfassen, damit ihr Glaube gar nicht aktiv werden kann. Was wir aber fürchten *sollten*, ist, dass Satan versuchen wird, uns mit einem neuen Geist zu binden, sobald wir uns von dem alten Geist befreit haben. Es ist ein klassischer Teil des spirituellen Krieges, dass wenn wir gerade das überwunden haben, was uns davon abhielt zu dem zu werden, was Gott in uns sieht, Satan uns mit etwas Neuem konfrontiert, um uns zu fangen. Deshalb kann es so scheinen, als gäbe es keinen Fortschritt in unserem natürlichen oder geistigen Leben. Wir sind so gesegnet, dass wir bisher keine andauernden schlechten Zeiten durchleben mussten, aber es sind jene Zeiten, in denen wir geprüft werden und unseren Glauben unter Beweis stellen können. Wir müssen uns gegenseitig ermutigen, indem wir über Gottes Gnade sprechen und uns beruhigen, dass wir durch diese schwierigen Zeiten große Veränderungen durchleben werden, die wir jetzt noch nicht erkennen können."

"Ann, was ist, wenn wir einem Geist hörig gewesen sind, den wir gar nicht bemerkt haben oder der nur schwer auszutreiben ist? Wenn wir uns die Zeit vor unserem Kummer zurückwünschen? Vielleicht werden wir diesen Geist auch gar nicht los. Vielleicht ist er sogar mit der Erbsünde verbunden, von der uns die Schrift sagt, dass sie von Generation zu Generation weitervererbt wird und wir bemerken es nicht. Vielleicht braucht Veränderung auch Zeit, weil Gott jemanden oder ein Ereignis vorbereitet, das unsere Verhältnisse ändern hilft. Wir müssen daran glauben, dass Gott uns helfen und *immer* einen Segen entstehen lassen wird, wenn er uns an einen Scheideweg bringt und wir gläubig bleiben. Wir...ich...muss nur geduldig sein. Ich bin so dankbar, dass unsere Amtsträger uns besucht und mit uns gebetet haben und auch weiterhin für uns und unsere Familie beten werden. Wir brauchen nicht nur die Unterstützung unserer Familie und unserer Freunde, sondern auch die Unterstützung unserer Segensträger und Glaubensgeschwister. Gott weiß besser als wir, was gut für uns ist und wenn Satan uns etwas wegnimmt, lässt Gott das nur zu, weil *er sieht,* dass das was wir hatten...oder haben könnten...uns und unserem Seelenheil mit der Zeit schaden wird. Er verspricht uns, uns während unserer, vielleicht von Satan gebrachten, Feuerprobe zu trösten und Gott wird diese Feuerprobe nutzen, um uns zu läutern und auf grünere Weiden zu führen. Matthäus 11:28 lehrt uns: *"Kommt her zu mir, alle, die ihr mühselig und beladen seid; ich will euch erquicken.""*

"Caleb, besonders, wenn wir vom Kampf müde sind, müssen wir uns anstrengen, die tröstenden Worte aus der Schrift abzurufen. Lass uns auch versuchen Gott zu vertrauen, dass er uns geben wird, was wir brauchen, wenn auch erst im letzten Moment oder nicht in der Zeit oder Art, wie wir es erwarten. In Philipper 4:19 heißt es: *"Mein Gott aber wird all eurem Mangel abhelfen..."*

"Ann, ich weiß, dass du Angst vor der Zukunft hast, besonders weil wir kürzlich hohe Schulden aufgenommen haben, aber wenn wir dadurch im Glauben wachsen, dann lass uns versuchen die notwendigen Änderungen schnell und froh zu akzeptieren. Wenn wir daran glauben, dass Gott unseren Schmerz nutzen wird, um uns zu lehren, um unsere Zukunft zu verbessern und dass er uns durch unser Leid trägt und uns, als ein besseres Kind Gottes hinausführen wird, dann können wir es ertragen. In Hebräer 13:5 lesen wir: *"Seid nicht geldgierig, und lasst euch genügen an dem, was da ist. Denn der Herr hat gesagt: "Ich will dich nicht verlassen und nicht von dir weichen."*

"Caleb, es ist nicht leicht lieb gewonnene Dinge loszulassen, aber ich versuche zu akzeptieren, dass Gott verheerende Veränderungen in einem Leben zulässt, um uns zu lehren und um uns in die Fülle seiner Liebe und Fürsorge zu bringen. Dazu müssen wir unsere adamähnliche Natur ablegen und den neuen Menschen, die christusähnliche Natur, hervorbringen, die Gott segnen kann und, die er für sein neues Königreich möchte. Das ist für uns vielleicht nicht leicht, aber wenn wir es einmal geschafft haben, wird Gott von uns sagen können: *"...Recht so, du tüchtiger und treuer Knecht, du bist über wenigem treu gewesen, ich will dich über viele setzen; geh hinein zu deines Herren Freude!"* (Matthäus 25:21).Unsere Stärke liegt in dem Vertrauen, dass Gott uns ein neues Leben geben wird, durch das wir würdig und bereit sein werden, wenn der Bräutigam kommt...und vielleicht finden wir sogar eine größere Freude in unserer neuen Zukunft! Wenn wir durchhalten und die schweren Zeiten zum Lernen nutzen, dazu Gottes Wort anzuwenden und dadurch im Glauben wachsen, werden wir getröstet. Wir können auf die Worte aus 1. Korinther 15:58 vertrauen: *"Darum, meine lieben Brüder, seid fest, unerschütterlich und nehmt immer zu in dem Werk des Herrn, weil ihr wisst, dass eure Arbeit nicht vergeblich ist in dem Herrn.""* Aber während Ann und Caleb darüber sprachen, hatten sie innerlich mit der Hoffnung zu kämpfen, dass das was sie gesagt hatten und tun wollten tatsächlich wahr werden würde. Beide hatten noch immer Angst, wollten diese aber nicht teilen...sie wollten sich nur gegenseitig stützen. Obwohl es ihnen in Worten gelungen war, so konnten beide doch nicht an das glauben, was sie zueinander gesagt hatten, wodurch beide Schuldgefühle bekamen und sich leer fühlten, als sie auseinandergingen. Caleb glaubte, dass er das was Gott von ihm verlangte, für Ann tat und Ann war überzeugt, sie würde Caleb ermutigen und trösten. Im Stillen wollten beide ihr altes Leben behalten und beide fühlten sich dadurch Gottes Hilfe unwürdig. Sie erkannten nicht, dass ihr ernstes Gespräch erbärmlich gescheitert war und dass dies zu ihren Ängsten und Schuldgefühlen beitrug. Sie dachten, sie würden einander helfen Gott zu vertrauen. Keiner der beiden beachtete Richards Warnung, dass eine Depression die körperliche, psychische und geistige Heilung behindern könnte. Dadurch hatte Satan nun Zugriff auf Ann und Caleb und konnte sie auf vielen Ebenen angreifen.

Calebs Operation verlief erfolgreich, und als er aufwachte, war er erleichtert. Er wusste, dass er nun vor der Herausforderung stand, wieder laufen zu lernen und dass er allen Anweisungen folgen musste, die ihm bei der Genesung helfen sollten. Er war erstaunt, dass er keine Schmerzen empfand. Seine Beine waren in einer mehrfach gerippten Schiene gefasst, die mit Klettverschlüssen fest geschlossen war. Sie sollte verhindern, dass die Knie gebeugt wurde, wodurch alle Bewegungen mit gestreckten Beinen durchgeführt werden mussten. Später an diesem Abend kamen zwei Pfleger in sein Zimmer, um ihn zum ersten Mal aus dem Bett zu holen. Sie stellten das Kopfteil seines Bettes hoch, damit er saß. Dann halfen sie ihm, seine

Beine zur Bettkante zu schwingen. Durch das plötzliche Sitzen wurde ihm schwindelig und er musste für einen Moment innehalten, bevor er versuchen konnte aufzustehen. Als er seinen Körper näher an die Bettkante schob, musste er lachen, als er sah, wie seine geschienten Beine geradeaus standen, statt sich zu beugen und wie sie dadurch den Boden nicht berühren konnten. Einer der Pfleger legte ihm einen gurtähnlichen Riemen um die Taille und erklärte, dass dieser ihnen helfen, würde ihn sicherer zu halten. Sie erklärten, wie sie ihm helfen würden aufzustehen, ein Pfleger an jeder Seite, während Caleb versuchen sollte, die Griffe der Gehhilfe zu fassen, die sie vor ihn gestellt hatten. Mit steifen Beinen und bemüht seine Füße auf den Boden zu bekommen, stand er...und der Schmerz schoss mit aller Macht durch ihn hindurch. Mit beiden Händen an der Gehhilfe und einem Pfleger an jeder Seite versuchte er, seinen ersten Schritt zu tun. Er hatte zwar alle vier Stunden Schmerzmittel erhalten, aber dennoch waren die Schmerzen akut. Er ging nur wenige Schritte und wurde dann, von der Anstrengung und dem Schmerz erschöpft, zurück ins Bett gebracht. Die vier Tage, an denen er im Krankenhaus blieb, verschwammen, obwohl ihm mehrmals am Tag geholfen wurde, ein paar Schritte zu gehen. Es war ungewohnt für ihn, auf dem Rücken zu schlafen, aber die Medikamente halfen ihm dabei und so war es nicht ganz so schlimm, wie er erwartet hatte. Er hatte keinen Appetit und war erstaunt wie schwach und müde er sich fühlte. Er freute sich darauf mit dem Krankenwagen in das Rehazentrum gefahren zu werden, wo er endlich wieder lernen würde zu laufen. Der Transfer vom Krankenbett auf die Trage und dann von der Trage in das Rehabett verlief so glatt, dass er freudig überrascht war, keine Beschwerden zu haben. Als er sich in seinem Bett eingerichtet hatte, wurde er darüber informiert, wie er die Krankenschwester rufen konnte, wie der Fernseher anging und wie man das Bett verstellen konnte. Die vielen neuen Informationen, verschiedenen Aktivitäten und die Vorfreude erschöpften ihn und er schlief sofort ein. Ann kam und war mit dem Raum und der Einrichtung sehr zufrieden. Leise dankte sie Richard für die wunderbare Wahl. Sie fand die Kaffeebar auf halbem Wege im Korridor und bereitete zwei Tassen zu, die sie mit zurück in Calebs Zimmer nahm. Als sie eintrat, war Caleb wach.

"Hi Süße!", sagte Caleb. "Hier werde ich wieder laufen lernen!"

"Ja...und sobald Du wieder auf eigenen Beinen stehst, wirst Du Dich besser fühlen...und wenn Deine Muskeln wieder aufgebaut sind, wirst Du wieder rennen können! Aber ich glaube nicht, dass Du mich schon fangen kannst!"

Die Krankenschwestern ermahnten Caleb nachdrücklich, nicht alleine aus dem Bett zu steigen. Sie erklärten, dass er eine Schwester rufen musste und dass diese ihm helfen würde aufzustehen, in den Stuhl zu sitzen oder ins Bad zu gehen. Er sollte grundsätzlich seine Gehhilfe oder den Rollstuhl verwenden und ein bis zwei Leute neben sich haben, wenn er ins Bett oder aus dem Bett, ins Bad gehen oder in den Stuhl sitzen wollte...einer von ihnen würde den Riemen halten. Er war spät an einem Samstag Nachmittag im Rehazentrum angekommen und hatte erfahren, dass sonntags keine Physiotherapie stattfand. Dadurch hatte er den ganzen Tag Zeit, sich in seiner neuen Umgebung zu orientieren, bevor seine Therapie begann. Wenn er zur Toilette musste, rief er, wie angewiesen, die Schwester und mit deren Hilfe setze er sich auf und rutschte an die Bettkante, damit er seine Beine über die Bettseite hinaus schwingen konnte, um aufzustehen und dann lief er mit der Gehhilfe zum Bad. "Ok, Caleb, auf drei werden ich und Jim Ihnen aufhelfen und dann können sie die Griffe der

Gehhilfe fassen und sich stabilisieren. Eins, zwei, drei!" Trotz ihrer Hilfe war Caleb überrascht, wie sehr er sich beim Aufrichten und Stehen auf die Kraft seines Oberkörpers verlassen musste. Sam, der gesprächigere der beiden Pfleger, sagte Caleb, dass er sich gut machen würde. "Nun, ähm, es ist normal, wenn es ihnen schwindelig wird...sie lagen fast eine Woche lang im Bett...also geben sie sich eine Minute...stehen sie einfach kurz still, bevor sie den ersten Schritt versuchen." Sam hatte recht, ihm war schwindelig und übel geworden, aber nach kurzer Zeit war alles gut und er nickte seinen Pflegern zu, dass er bereit war zu gehen. Der Schmerz machte ihn fassungslos. Er saß mehr in seiner Wadenmuskulatur, als in seinen Knien, was Caleb ein Rätsel war. Während er versuchte einen Schritt zu machen, zog sich seine Wadenmuskulatur krampfartig zusammen. Weil der Schmerz zu stark war, um zu laufen, mussten sie Caleb in seinen Rollstuhl setzen und ihn zum Bad fahren. Dort zeigte ihm Sam, wie man den Sicherheitsgriff mit beiden Händen hielt, um sich selbst zum Stehen zu bringen, wodurch er sich mit dem Gesicht zur Wand befand. Sam sagte, wenn er sich beim Stehen wohlfühlte, sollte er sich in winzigen Schritten soweit umdrehen, dass er sich auf die hoch stehende Toilette zu seiner Linken setzen konnte. Während er sich mit einer

Hand am Sicherheitsgriff umdrehte und mit der anderen Hand nach der Armlehne der Toilette griff, sank er auf den Sitz. Er fühlte den Schmerz in seinen Knien, während er saß. Seine noch immer geschienten Beine standen vor ihm in der Luft, weil er die Beine durch die Schiene nicht beugen konnte. Er lachte bei dem Gedanken, wie blöd er aussah! Sam und Jim verließen das Bad und stellten sich vor die Tür, nachdem sie Caleb angewiesen hatten, sie zu rufen, wenn er bereit war, zurück zum Rollstuhl gebracht zu werden. Nach wenigen Minuten begann Caleb, sein logisches Denken infrage zu stellen. *Bestimmt hat mein Gehirn Schaden genommen...es gibt bestimmt eine Antwort auf dieses Dilemma, ich sehe es bloß nicht.* Erneut untersuchte Caleb die hohe Toilette, auf der er hockte. Er fühlte die hohe Rückenlehne, die beiden Armlehnen und den Sitz, der nicht tief genug war, um sich vor den Körper zu strecken. Dadurch konnte er nicht an seinen Körper rankommen. *Bestimmt denke ich nicht richtig...man kann diese Situation bestimmt umgehen...ich muss was übersehen haben!* Und so saß er...und dachte nach. Nach einiger Zeit klopfte Sam an die Tür und fragte Caleb vorsichtig, ob er bereit sei, zurück zu seinem Bett zu gehen. Furchtbar beschämt sagte Caleb Sam, dass er wohl einen Gedächtnisverlust erlitten haben musste, weil er einfach nicht darauf kam, was er tun musste, um sich 'fertig' zu machen! Sam kam in die Toilette und lachte, während Caleb seine missliche Lage erklärte: "Haha, das ist lustig...alle sagen das auf die eine oder andere Art...nein, da gibt es keine Möglichkeit...die Toiletten sind einfach so gebaut. Jemand, der eine patientenfreundlichere Toilette erfinden würde, könnte viel Geld verdienen!"

"Was?", rief Caleb. "Ich kann mich nicht um mich selbst 'kümmern'?"

"Ach, machen sie sich keine Sorgen...wir machen das ständig!"

Und so lernte Caleb seine erste Lektion in Sachen Demut. Er konnte nicht glauben, dass noch niemand eine patientenfreundlichere Toilette erfunden hatte! Einen unabhängigen, unterstützenden Gegenstand! Bald danach und entschlossen einen Weg zu finden, mit dieser Notlage umzugehen, entdeckte Caleb, dass er sich doch um sich selbst kümmern konnte, wenn es ihm gelang, die Haltegriffe festzuhalten, sich aufzustellen und in eine aufrechte Position zu balancieren. Sam hatte ihm auch gezeigt, wie man den Ruhesessel neben seinem Bett benutzte, dessen Sitz mit einer Fernbedienung in eine stehende Position gefahren werden konnte. Caleb fand die Vorstellung toll, dass er zum Abendessen oder zum Fernsehen in diesem Ruhesessel sitzen konnte und dadurch schlicht aus dem Bett kam. Obwohl die Fernbedienung den Sessel weit vom Boden abhob, sodass Caleb seine Knie nicht komplett beugen musste, um sich hinzusetzen, tat es dennoch weh, die Knie dieses winzige Bischen anzuwinkeln, um sich zu setzen. Caleb schrie vor Schmerz, trotz seiner guten Vorsätze. Aber sobald er saß, verflüchtigte sich der Schmerz und es ging ihm wieder gut. Sam half ihm, sich auszurichten und stellte die Rufanlage, den Wasserkrug, das Telefon und den rollbaren Esstisch in Reichweite.

"Machen Sie sich nichts aus dem Schmerz...der lässt mit der Zeit nach...Sie werden sich daran gewöhnen und lernen, wie man ihn vermeidet. Nun, hier ist die Rufanlage und hier ist der Tisch für das Tablett mit dem Abendessen. Nach dem Abendessen kann ich Sie zurück in Ihr Bett bringen."

Ann, die gehofft hatte, mit Caleb Abendessen zu können, hatte sich ein belegtes Brot und eine Flasche kalten Saft mitgebracht. Sie schob einen zweiten Stuhl in das Zimmer, um sich Caleb gegenüber zu setzen. Ihre Gefühle zerrten an ihrem Herz. Sie hatte Angst...und sie schämte sich, das zuzugeben. Die Familie kümmerte sich rührend um sie, sie kümmerten sich um die Kinder, räumten das Haus auf, erledigten die Wäsche der Kinder, sie gingen sogar einkaufen. Sie sprachen so überzeugend davon, dass alles wieder gut werden würde...dass Gott bei ihnen war...warum konnte sie also nicht auch darauf vertrauen, warum hatte sie so furchtbare Angst? Sie fühlt sich unwürdig, sie glaubte alle im Stich gelassen zu haben, vor allem Gott. Und sie wusste nicht, wie sie das was mit ihrem Glauben nicht stimmte korrigieren konnte.

Deshalb begrüßte Ann Caleb erneut mit einem Lächeln, versteckte ihre Ängste und sie genossen den Abend miteinander, beide ihre Ängste verbergend. In dieser Nacht konnte Caleb nicht schlafen. Er wachte bei jeder Bewegung auf und versuchte sich auf die Seite zu drehen. Er wachte von den Schmerzen auf, die seine Anstrengungen hervorriefen, und war gezwungen, auf dem Rücken liegen zu bleiben. *Ich muss Richard fragen, wann ich wieder auf der Seite schlafen kann.* Caleb war auch angewiesen worden, die Schmerzmitteleinnahme genau zu planen, damit diese nicht nur mit der Physiotherapie, sondern auch seinem nächtlichen Schlafbedürfnis zusammenfielen.

Am nächsten Morgen hatte Caleb sich vor der Physiotherapie rasieren und im Bett waschen lassen und nach dem Frühstück wurde er von dem Physiotherapeuten mit dem Rollstuhl zum Therapieraum gefahren. Wieder musste er vom Bett in den Rollstuhl laufen...was nicht leicht war. Aber das war ein Kinderspiel im Gegensatz zu dem, was er die nächste Stunde und am Nachmittag und danach zwei Mal täglich drei Wochen lang...oder bis er heimdurfte...durchmachen musste. Als Erstes beurteilte der Therapeut wie Caleb sich bewegte, während er die Gehhilfe benutzte. Aber dabei verkrampften sich Calebs Waden wieder akut. Er zwang sich zwei Schritte zu laufen und bat dann darum sich setzen zu dürfen. Er war schweißgebadet. Der Therapeut half ihm in den Stuhl und zeigte ihm, wie er seine Arme benutzen konnte, um seinen Körper in und aus dem Stuhl zu heben. An diesem ersten Tag wurden ihm verschiedene Möglichkeiten gezeigt, um sein Bein sitzend anzuheben. Danach musste er einen Ball zwischen seinen Knien zusammendrücken, anschließend ein Band, das um seinen Fußrücken gespannt war unter den Stuhl und wieder zurück ziehen und dabei seine Knie beugen. Er bewegte seine Beine auch von einer Seite zur anderen. Jede Übung wurde dreißig Mal wiederholt, wobei nach zehn Sätzen das Bein gewechselt wurde. Bevor er zurück in sein Zimmer gebracht wurde, versuchte der Therapeut erneut ihn mit der Gehhilfe zum Laufen zu bringen, aber seine Wadenmuskulatur verkrampfte wieder und der Schmerz war zu stark. Er dachte, dass er an diesem Nachmittag die gleichen Übungen wiederholen müsse, und war überrascht, sich auf einer Liege wiederzufinden, auf der er liegend ähnliche, aber schwierigere Übungen durchführen musste. Der Therapeut maß den Winkel seines gebeugten Knies, um zu sehen, wie beweglich er war. Als der Therapeut sein Schienbein mit dem gebeugten Knie zusammendrückte, um den bestmöglichsten Winkel zu erreichen, schrie Caleb vor Schmerzen auf. Der Schmerz hielt nur wenige Sekunden an. Es war aushaltbar, lehrte ihm aber das Fürchten vor diesem Therapieteil.

Nun wusste er, warum die Krankenschwestern ihn vor der Therapie immer fragten, ob er seine Schmerztabletten genommen hatte! Sie wurden nur auf Verlangen des Patienten ausgegeben...das heißt, man bekam sie nicht einfach so. Weil er solche Schwierigkeiten beim Laufen hatte, bat Caleb pflichtbewusst wie angewiesen alle vier Stunden um die Schmerzmittel. Nach ein paar Tagen ging es ihm schlecht. Ihm war schwindelig, übel, er war schwach und ausgelaugt, schwitze, zitterte zeitweise und fühlte sich niedergeschlagen.

Es dauerte weitere vier Tage bis festgestellt wurde, dass das Nebenwirkungen der Betäubungsmittel waren. Er war von dem Blutverlust und dem durchlebten körperlichen Trauma noch immer geschwächt und ermüdete dadurch schnell. Er bemitleidete sich für die viel zu langsamen Fortschritte. Bei so gut wie allen Dingen war er noch immer von anderen abhängig und es schockierte ihn, dass er nicht mehr die gleiche Ausdauer hatte, wie zuvor. Er wurde so krank, dass er einen Rückschlag erlitt und verzagte. Er war sehr frustriert darüber, etwas tun zu wollen, es aber nicht zu können. Seine Laune wechselte von Frustration zu Wut...zunächst gegen sich selbst und dann gegen die Umstände, die er durchleben musste. Er wollte zusätzlich in seinem Zimmer üben, hatte aber weder die Kraft noch den Anreiz dazu. Schließlich verfiel er einer Trägheit, die nur schwer zu überwinden war. *Werde ich jemals wieder ich selbst? Warum werden meine Gebete nicht erhört?* Er fühlte sich, als würden seine Gebete nicht erhört. Seine Sorgen wuchsen erneut. Wenn er bei der Entlassung aus dem Rehazentrum nicht wieder hergestellt war, würde man ihn in der Arbeit sicher ersetzen.

Er redete sich ein, dass seine Genesung vorangetrieben werden könnte, wenn er stärker daran arbeitete. Aber sein Körper sagte ihm das Gegenteil und er musste die Tatsache akzeptieren, dass seine Energie gering und seine Entschlossenheit nicht so stark war, wie erhofft. Er musste die Kurve kriegen, es *musste* vorangehen. Calebs Verstand arbeitet auf Hochtouren, zog ihn runter, baute ihn dann wieder auf und es schien keinen Ausweg aus seinem Dilemma zu geben, bis ein Besuch von Matt und Jim dafür sorgte, dass er sich seinen Ängsten stellte.

Matt hatte ihm erzählt, was sie alles taten, um Ann zu unterstützen und wie daheim alles wie ein 'Uhrwerk' funktionierte und Caleb sich daher um nichts sorgen müsste. Caleb antwortete, indem er ihnen mitteilte, dass er es sich zum Ziel gesetzt hatte, ohne Stock oder Gehhilfe laufen zu können, um 'die Prüfung' vor seinem Arbeitgeber zu bestehen. Wenn es wenigstens so "aussah", als wäre er wieder der Alte, könnte er auch die Arbeit erledigen. Er wusste, dass seine Männer ihm helfen würden. Mit etwas mehr Zeit wäre er wirklich zurück und könnte alles aufholen, was er zuvor nicht tun, konnte. Er wollte sich weigern zuzulassen, dass seine körperlichen Defizite sein Leben beeinflussten und das würde ihm gelingen! Er würde einen Erfolg daraus machen!

Aber dann brach seine Stimme und er gab zu, dass es je mehr er sich anstrengte, desto langsamer vorwärtszugehen schien. Sein Gleichgewicht war gestört und er konnte einfach nicht ohne Gehhilfe laufen, ohne sich dabei selbst zu gefährden. Er sagte ihnen, dass er erfahren hatte, dass er die Nerven, die bei der beidseitigen Knieoperation abgetrennt worden waren, wieder reaktivieren musste, damit das Gehirn seinen Beinen die richtige Nachricht senden konnte, um das Gleichgewicht zu halten. Er gab auch zu, dass er nicht verstand, warum Gott das zugelassen hatte, obwohl sie doch so hart daran gearbeitet hatten gläubig zu sein, zu lernen, zu lehren, alles zu sein, was Gott von ihnen verlangte.

Matt und Jim waren überrascht so etwas von Caleb zu hören, der für sie immer ein Vorbild gewesen war...aber nun waren sie an der Reihe aufzustehen und ihren Teil für Caleb zu tun. "Caleb", sagte Matt, "ich kann Dir gar nicht sagen, wie oft ich schon an Gott gezweifelt habe...das ist normal...es geht darum, wieder aufzustehen und nicht darum, dass wir gefallen sind! Du gehst gerade durch ein Tal. Gesundheitsprobleme, Geldsorgen, Angst um den Arbeitsplatz, um die Familie...natürlich stellst Du Gott infrage. Aber am Ende wird die Antwort auf Deine Frage sein, dass Du Deinen freien Willen dazu verwendest, Dich für das Vertrauen in Gott zu entscheiden und zu akzeptieren, was er zugelassen hat."

"Ich fühle mich so schuldig, Matt...ich liege wach und mache mir sorgen, obwohl ich im Innersten weiß, dass Gott alles lenkt...mein Verstand kann sich nicht beruhigen, alle vergangenen Fehler, alle aktuellen Fehler, alle möglichen Probleme, die in Zukunft kommen könnten, wachsen mir durch meine Unfähigkeit über den Kopf, das bringt mich fast um." "Das ist Satan. Schlicht und einfach. Und alles, was Du tun musst, ist laut 'NEIN' zu sagen, sobald Dir diese Gedanken in den Sinn kommen...erinnerst Du Dich an Großmutters Rat? Dann sag Dir laut einen Vers aus der Schrift auf, wie zum Beispiel 'fürchte dich nicht' und diese Gedanken werden...zumindest mit der Zeit...aufhören. Satan und sein Gefolge werden ihre Angriffe einstellen. Das ist alles...es ist ein geistiger Angriff und Du weißt, wie man dagegen ankämpft."

"Meine Güte, ich war so blind...ich habe Großmutter und ihren weisen Rat einfach 'NEIN' zu schreien vergessen! Es hat immer funktioniert und ich habe es vergessen. Ich glaube ich werde den heutigen Abend damit verbringen, nur das zu tun! Aber ist das nicht ein Zeichen dafür, dass mein Glaube schwach ist?"

"Nein es zeigt nur, dass Du versucht wirst und dass Du eine Zeit erlebst, in der Du lernen wirst, gegen diese Versuchung anzukämpfen, die in Gedanken an Dich herantreten und Dich beherrschen wollen. Jeder von uns wird hin und wieder versucht...angegriffen...und das gehört zu unserem Lernprozess. Gott geht es darum, zu sehen, wie wir aus so einem Kampf herauskommen und nicht darum wie wir vielleicht das eine oder andere Gefecht verlieren."

Caleb war erleichtert von dem was Matt und Josh gesagt und wie sie auf seinen Zusammenbruch reagiert hatten. Er nahm sich vor, sich zu bessern. Er war so dankbar für seine Familie, ihre Liebe, darüber, dass sie nicht urteilten und dafür, dass sie an ihn glaubten. In Wahrheit *machte* Caleb Fortschritte. Der Prozess war lediglich sehr langsam. Alle Familienmitglieder versuchten ihn aufzumuntern, indem sie ihn auf die Dinge hinwiesen, die er im Gegensatz zur vergangenen Woche schon konnte. Er lernte was gute Therapeuten wert waren, die ihm beibrachten, was er alleine tun konnte und er fing an die große Hingabe derer schätzen zu lernen, die sich um ihn kümmerten und so bemüht waren, ihm zu helfen. Er erfuhr, wie sich das Personal gegenseitig Rapport erstatteten, bevor die eine der drei Schichten aufhörte und die Nächste anfing. Caleb begriff, dass das Personal deshalb in der ersten Stunde der neuen Schicht so abgehetzt war und so passte er seine Bedürfnisse an, um ihnen keinen zusätzlichen Stress zu bereiten. Er merkte sich auch die Namen der Personen, die sich um ihn kümmerten und bald entwickelte sich daraus eine wunderbare Beziehung. Er war erfreut, dass sie auch über ihren Glauben sprachen. Bald konnte er sich wieder besser alleine um sich kümmern und so sang er nun fröhlich unter der Dusche und fühlte sich dadurch weniger beschämt und unabhängiger. Aber trotz aller Fortschritte konnte Caleb das Gefühl nicht loswerden, dass der Heilungsprozess viel zu langsam war und dass er eine Möglichkeit finden musste, die Genesung voranzutreiben. Er war noch immer frustriert und ungeduldig, sah diese Gedanken nun aber als normal an. Er musste noch oft 'NEIN' schreien, aber er machte Fortschritte!

Achtes Kapitel

WIEDERGEFUNDENES VERTRAUEN

Vier Wochen nach seiner Operation durfte Caleb endlich heim. Der Physiotherapeut kam weitere vier Wochen lang drei Mal wöchentlich zu ihm nach Hause und zeigte ihm, wie er die Übungen durchführen musste, die er wenigstens ein Jahr lang durchziehen sollte. Es wurde ihm auch gezeigt, wie man mit einem Stock statt einer Gehhilfe läuft und endlich durfte er auch wieder Auto fahren. Deshalb ging Caleb, acht Wochen nach der Operation, wieder zurück zur Arbeit. Zwar nur Teilzeit...ein paar Stunden am

Tag...aber er war zurück! Er ermüdete schnell und hatte große Schmerzen, wenn er zu lange gesessen hatte, und versuchte wieder aufzustehen. Sobald seine Beine wieder in Bewegung waren...nach vielleicht sechs oder acht Schritten, konnte er sich zwingen richtig zu laufen...so dachte er zumindest. Dennoch half ihm die Tatsache, dass er wieder arbeitete, seine Ängste um den Arbeitsplatz zu lindern. Er musste aber zugeben, dass er Fortschritte machte, wenn auch langsam, und dass es besser ging, je mehr er lief und je öfter er seine Übungen machte.

Als Richard ihm das Attest ausstellte, welches ihm erlaubte zu arbeiten, zwang er Caleb zuzustimmen, drei Mal pro Woche ein ambulantes Rehazentrum aufzusuchen. Dort wurde mit Caleb ein Training durchgeführt, durch das die Beinrückseite dazu gebracht werden sollte, gerade ausgestreckt die Liege zu berühren und das Knie sollte sich wieder in einem 130-Grad-Winkel oder mehr beugen können. Das war einfacher gesagt, als getan. Die Übungen verbesserten auch seinen Gleichgewichtssinn und halfen ihm dabei längere und schnellere Schritte zu gehen. Wenn seine Muskeln brannten, er anfing zu schwitzen, wenn er sich selbst dazu zwingen musste, die Knie zu beugen und zu strecken, wusste er, dass er das tat, was nötig war. Caleb wusste, dass es ein bis zwei Jahre dauern konnte, bis er wieder normal gehen würde und das begeisterte ihn nicht, aber er übte dennoch beharrlich und machte Fortschritte. Ihm wurde gezeigt, wie er einen Hindernisparcours von Gegenständen verschiedener Höhe durchlaufen und auf wackeligen, runden Plastikscheiben balancieren konnte, die aussahen wie platt gedrückte Bälle. Er lernte auch, mit einem dicken und um die Fußgelenke befestigten Gummiband seitwärts zu laufen. Caleb lief im Fitnessstudio auch Übungstreppen hoch und runter und war überrascht, dass es abwärts schmerzhafter war, als aufwärts. Er benutze viele der vorhandenen Geräte, die vor allem die Muskelkraft stärken sollten. Aber dann...ging es zur Massage.

Eigentlich hatte sich Caleb darauf gefreut, da eine Massage seiner Ansicht nach etwas Entspannendes war und eine wunderbare Art die strapaziösen Übungen zu beenden. Aber da hatte Caleb sich geirrt. Die Massage war furchtbar schmerzhaft...so schmerzhaft, dass er laut aufschrie und die Therapeutin bat, damit aufzuhören. Mit der Massage sollten kleine Knötchen und Verklebungen im Gewebe und im Narbengewebe gefunden werden. Sie waren hinter den Knien, an den Knieseiten, am Oberschenkel und manchmal auch an den Narben selbst. Die Therapeuten gingen diese Knötchen manchmal mit ihren Fingerknöcheln an und, das tat wirklich weh! "Ich *muss* diese Knoten auflösen, weil sie Ihre Beweglichkeit einschränken werden, wenn sie da bleiben, wo sie sind", sagte eine der Therapeutinnen. "Es tut mir leid, dass ich Ihnen wehtue, aber das *muss* getan werden, damit Sie wieder so beweglich wie möglich werden." Er sah auf die Uhr an der Wand und sah, dass jedes Bein 7 bis 10 Minuten lang massiert wurde. Nach der Massage wurden ihm zehn Minuten lang Eispackungen auf die Knie gelegt und anschließend war die Tortur für diesen Tag vorbei und er konnte zurück zu seinem Auto humpeln. Er erwartete durch die grobe Behandlung grüne und blaue Flecken an seinen Oberschenkeln zu finden, aber er bekam keine. Er wünschte sich beinahe schon welche zu finden, damit er die Therapeuten bitten konnte, etwas behutsamer zu sein.

Manchmal reichte ihm schon der bloße Gedanke an die Massage, bevor er ins Fitnessstudio fuhr, um zu verzagen. Ann rügte ihn und fragte: "Hast Du Deine Schmerzmittel genommen, Caleb? Hast Du gebetet, Caleb? Hast du Gott gebeten, Dir durch die Massage und die Übungen zu helfen?" Er vergaß des Öfteren seine Schmerzmittel zu nehmen aber er fing an öfter zu beten und wunderte sich manchmal darüber, wie oft er am Tag betete. Er hatte einst das Gebet als eine formelle Kommunikation am Morgen und am Abend und zu jedem Essen gesehen. Aber nun erkannte er, dass er öfter am Tag ein oder zwei kurze Sätze der Dankbarkeit oder der Fürbitte sprach oder anderer Bedürfnisse mitteilte. Er spürte auch, dass er mit Gott zwanglos über sein Leben, seine Ziele, seine Probleme und seine Liebe zu ihm sprach, weil er sich nach einer intimen und persönlichen Beziehung mit seinem himmlischen Vater sehnte. Er wollte Danke sagen und auch um Hilfe bitten. Er sah sich Gefühle und große Emotionen ausdrücken, besonders wenn er über seine Familie sprach und davon wie Gott ihnen immer geholfen hatte. Er verstand, dass seine Gebete ein Band des Glaubens schufen und ihm halfen, das was er im Herzen trug zu teilen. Er sprach auch über das Leid, dass so viele Menschen in dieser Welt trugen oder die schwierigen Umstände, die jemand durchlebte oder wie es sich anfühlte, wenn ein geliebter Mensch durch schwere Zeiten ging. Er glaubte mit seinem ganzen Herzen, dass Gott alles Leid in einen Segen wandeln konnte, indem er die Möglichkeit schuf, aus den Umständen zu lernen und im Glauben zu wachsen. Aber er fragte sich, wie Gott sich fühlte, wenn seine Kinder emotional erschöpften, während sie Trübsal erlebten. Caleb fühlte sich schuldig, als er sich dem Gefühl der Niedergeschlagenheit, dem Schmerz und der emotionalen Erschöpfung hingab, weil er fürchtete, dass dies zeigen würde, dass er Gott was den Ausgang betraf, nicht genügend trauen würde. Er versuchte sich selbst zu trösten, indem er dachte: "*Gott weiß, dass emotionale Schmerzen und Ängste uns schwächen können und dass wir uns durch unsere Ungeduld augenblickliche Änderungen und schnelle Lektionen wünschen. Mit der Zeit jedoch lernen wir, dass wir, während wir beten und im Glauben reifen, unser Vertrauen in Gott stärken und dadurch können wir unabhängig von unseren Umständen ein friedvolles Herz entwickeln.*" Er würde über das Gebet nachdenken und darüber, wie sehr er sich wünschte alle seiner Ansicht nach wichtigen Aspekte des Gebets abzudecken, damit er eine vollkommenere Kommunikation mit seinem himmlischen Vater erlangen konnte. Er erinnerte sich, dass Christus für die Menschheit und besonders für diejenigen betete, die ihm gegenüber treu waren und, nach der Schrift zur 'Braut Christi' werden würden. Aus Liebe zu ihnen bat er seinen Vater diesen Seelen zu helfen, den Glauben zu entwickeln, den sie brauchen würden, um ewig bei ihm zu sein.

Caleb erinnerte sich, dass das 17. Kapitel des Johannes (Johannes 17:1-26) dem Gebet gewidmet war, welches Christus für seine Jünger gesprochen hatte und in Johannes 17:25 las Caleb: *"...Gerechter Vater, die Welt kennt dich nicht; ich aber kenne dich, und diese erkennen, dass du mich gesandt hast."*

Durch die Art und Weise wie Christus betete, lernte auch Caleb bessere Arten des Betens kennen und erfuhr, wie das Herz Gottes berührt werden konnte. Er wusste auch, dass die Schrift vor monotonen und öffentlichen Gebeten warnte; in Matthäus 6:7 hieß es, *"Und wenn ihr betet, sollt ihr nicht viele plappern wie die Heiden; denn sie meinen, sie werden erhört, wenn sie viel Worte machen."* Und als Caleb darüber nachdachte, was sein Gebet beinhalten sollte erkannte er, dass es Lob, Rechenschaft, Bitte, Schutz, Fürbitte und Dank waren. Preis heißt Gott für seine Güte, Macht und Gnade zu würdigen. Rechenschaft setzt voraus, dass man seine Sünden zugibt, bereut und um Vergebung bittet. Wenn wir bitten, fordern wir Gott auf, uns in unseren Belangen zu helfen. Schutz würdigt, dass Gott uns immer geholfen hat und dass wir ihn um seinen weiteren Schutz bitten sollen. Fürbitte ist das Beten für andere, für die Lebenden und die Toten, die spirituelle oder materielle

Hilfe benötigen. Danken heißt, Gott besonders für das zu danken, was er für uns getan hat oder tun wird. Caleb erkannte, dass eine Beziehung mit Gott eine wahre Kommunikation mit ihm voraussetzte und dass er seine Freuden und Sorgen mit Gott teilen musste. Auswendig gelernte Gebete brachten *keine* tiefe Beziehung oder eine aufrichtige und von Herzen kommende Kommunikation. Indem er seine Sünden gestand und durch die Reue, die er fühlte, würde er sich vor Gott demütigen und dadurch eingestehen, dass er seiner Gnade benötigte. Des Weiteren versuchte er, sich im Gebet mit Gottes schönen Versprechen zu beschäftigen. In Matthäus 7:7 heißt es: *"Bittet, so wird euch gegeben..."*

Caleb hatte seinen Kindern stets gelehrt, mehrmals am Tag zu beten: "Unser Morgengebet sollte unseren Dank für das einschließen, was Gott für uns getan hat und es sollte die demütige Bitte beinhalten, dass Gott uns an diesem Tag wieder führt und schützt. Das Abendgebet besteht wieder aus unserem Dank für Gottes Führung und seinen Schutz durch den Tag, es soll darin Gottes Liebe, Gnade und Macht gewürdigt werden und eine Fürbitte für andere beinhalten, die in Not sind sowie die demütige Bitte, dass Gott uns würdig machen soll. Bevor wir unser sicheres zu Hause verlassen, sollten wir Gott bitten, dass er uns begleitet und unsere Schritte schützt und dass er unsere Unternehmung durch seinen Schutz fruchtbar und sicher sein lässt. Wir sollten auch vor dem Essen beten und Gott für die Gaben danken und ihn bitten, den Fluch der Erde hinfort zu nehmen und das Essen für uns zu segnen. Weitere Gebete können kurz und schnell sein und einen bestimmten Bedarf decken oder Dank an Gott beinhalten. So wie Gott sich um die Vögel kümmert, wird er sich auch um uns kümmern."

Er erinnerte sich daran, wie er mit den Kindern zu den Glasschiebetüren im Wohnzimmer gegangen war, um mit ihnen die im Garten umherfliegenden Vögel zu beobachten. Er erzählte den Kindern, was Gott in Matthäus 6:26 über die Vögel sagte: *"Sehet die Vögel unter dem Himmel an: sie säen nicht, sie ernten nicht, sie sammeln nicht in die Scheunen; und euer himmlischer Vater nährt sie doch."* Er sagte ihnen auch, dass Gott, wenn er sich um die Vögel kümmerte, sich sicherlich noch mehr um seine Kinder kümmern würde, wie es in Matthäus 10:29; 31 zu lesen war: *"Kauft man nicht zwei Sperlinge um einen Pfennig? Dennoch fällt deren keiner auf die Erde ohne euren Vater....So fürchtet euch denn nicht..."*

Caleb lehrte seine Kinder, dass Gott nicht wollte, dass sie immer das gleiche Gebet sprachen, weil Wörter, die immer wieder wiederholt, werden schnell an Bedeutung verlieren. Gott möchte eine *intime* Beziehung mit uns pflegen, indem wir mit ihm sprechen wie mit einem geliebten Menschen. Kurze, von Herzen kommende Gebete, sind besser als lange und auswendig gelernte Verse. Wenn wir unsere Aufmerksamkeit darauf lenken, wie wir auf andere wirken, möchte Gott auch nicht, dass wir öffentlich beten. Er erklärte, dass Gott in Matthäus 6:5 warnte, *"Und wenn du betest, sollst du nicht sein wie die Heuchler, die da gerne stehen und beten...auf dass sie...gesehen werden....*

Caleb war denjenigen dankbar, die für ihn während dieser Veränderungsphase gebetet hatten, und sagte auch seinen Kindern, dass sie für andere im Gebet vermitteln sollten, auch für diejenigen, denen sie nie begegnet waren. Er sagte: "Wir können unseren himmlischen Vater bitten, den ganzen weltweiten Rufen und Gesuchen seiner Kinder Gehör zu schenken. Dann können wir bitten, dass unser himmlischer Vater seine Kinder immer fühlen lässt, dass er sie in seinen Händen hält, auch wenn er die Gebete nicht sofort beantworten kann, und dass er ihnen ein friedvolles Herz anbietet. Die Macht des Gebets bringt uns den größten

Lohn, der einen Unterschied zwischen Leben und Tod, Hoffnung und Hoffnungslosigkeit, Dummheit und Weisheit machen kann. Jakobus 1:5 sagt uns, *"So aber jemand unter euch Weisheit mangelt, der bitte Gott..so wird sie ihm gegeben werden."*

Caleb liebte besonders das, was in 5. Mose 11:13-14 stand und für ihn eins der schönsten Versprechen der Schrift war: *"Werdet ihr nun auf meine Gebote hören, die ich euch heute gebiete, dass ihr den Herrn, euren Gott liebet und ihm dient von ganzem Herzen und von ganzer Seele, so will ich eurem Lande Regen geben zu seiner Zeit, Frühregen und Spätregen, dass du einsammelst, dein Getreide, deinen Wein und dein Öl."*

Er hatte seinen Kindern gesagt: "Betet um göttliche Weisheit, um die Weisheit, die Schrift zu verstehen und darum, dass Eure Schritte so geführt werden, dass sie gottgefällig sind. Euer Verständnis und Euer Glaube wird Stück für Stück wachsen und Eure Gedanken und Taten werden dem folgen. Ernstliches Beten und die Kommunikation mit Gott führen zu der Veränderung, die wir in unserem Leben brauchen, und bringt uns Frieden und Vertrauen. Unsere Gebete berühren Gottes Herz. Er sieht über unsere Worte hinaus und in unser Herz. Nichts kann vor ihm versteckt werden. Er weiß, ob wir wirklich demütig sind, wie dankbar wir sind und wie ernst es uns ist. Wir sollen nicht plappern (Matthäus 6:5-7) oder Eindruck schinden. Er möchte das Verlangen hören, bei ihm zu sein, ihm zu dienen und denen, die er liebt. Er möchte wissen, ob wir den *Wunsch* haben, von ihm zu erfahren. Er will unser Bemühen sehen, seien Willen zu tun. Er möchte uns zeigen, dass er zuhört, uns hört, liebt und die Macht hat, uns und unser Leben zu ändern und in uns die Braut Christi zu schaffen. Das ist das Wunder des Gebets!" Aber nachdem er mit seinen Kindern gesprochen und sie ins Bett gebracht hatte, dachte er über das, was er gesagt hatte nach und fühlte sich wie ein Heuchler. Es war die Wahrheit, aber folgte er dieser Wahrheit? Vertraute er wirklich auf Gott? War er bereit alles für Gott aufzugeben? War er nicht durch die Prüfungen gefallen, indem er seiner Ungeduld und Frustration ja sogar seiner Wut erlaubt hatte, von ihm Besitz zu ergreifen? Konnte ihn Gott trotz dieser Fehler weiter lieben? Was konnte er gegen seine innere Einstellung tun? Als Ann zu ihm ins Wohnzimmer kam, erzählte er ihr von seinen Sorgen. Auch Ann gab ihre Sorgen zu. Sie war vor Gott gescheitert, weil sie nicht hatte glauben können, dass alles gut werden würde. Sie hatte noch immer Angst. "Was können wir tun, Caleb? Werden wir erneut geprüft und wieder durchfallen? Wir sind so stark an das gebunden, was wir haben, was wir uns über die Jahre aufgebaut haben, dass ich mich frage, ob wir bereit sind, *wirklich* willens sind, alles aufzugeben?"

"Ich weiß es nicht Ann. Aber ich will zu Gott nicht 'nein' sondern 'ja' sagen, aber irgendwie scheint das so...endgültig. Ich denke, wenn wir hart arbeiten, uns ein zu Hause aufbauen und für unsere Kinder sorgen, dann sollten wir auch die Früchte dessen genießen können und mir scheint es einfach *nicht* richtig alles aufzugeben."

"Vielleicht verlangt Gott nicht, dass wir alles aufgeben, vielleicht möchte er nur, dass wir unsere Fehler zugeben, sie vor ihn bringen und ihm genug vertrauen um....trotz unserer Angst...sagen zu können 'Dein Wille geschehe'. Vielleicht möchte er, dass wir durch unsere Fehler demütig und seinen Erwartungen, allem was er von uns verlangt, gerecht werden. Vielleicht soll uns das hier helfen, die Tatsache mehr zu schätzen, dass *er* uns alles gegeben hat und wir es *nicht* durch unsere Arbeit, Talent oder weil wir es verdient hatten erreicht haben. Vielleicht bleiben wir durch unsere Schwächen und Fehler demütig und Gott und seiner angebotenen Gnade bedürftig. Wenn wir egoistisch, und als Sünder geboren worden sind, geht es vielleicht mehr um die innere Einstellung als um die Wirklichkeit."

"Wie können wir das wissen, Ann? Ich möchte bezüglich meiner Liebe zu Gott in *keiner* göttliche Prüfung versagen, aber diese Situation hat mir das Gefühl gegeben, versagt zu *haben.* Ihm voll zu vertrauen ist vielleicht ein Prozess, in den wir durch die gemachten Erfahrungen hineinwachsen müssen und *indem wir unsere Fehler erkennen, können wir sie wenigstens zugeben,* sie bereuen und um Vergebung bitten. Aber andererseits müssen wir eine Veränderung *wollen,* danach *streben*...und das könnte uns auch schwerfallen. Vielleicht ist der erste Schritt, wie Du schon sagtest, unsere Mängel zu erkennen und zuzugeben. Und dann werden wir sehen, ob wir sie *wirklich* bereuen und uns *wirklich* wünschen, sie zu überwinden."

"Caleb, so geht es mir auch, auch ich habe Angst. Wir haben uns, wir lieben uns, wir haben die Kinder, eine wunderbare Familie, eine Kirche, die wir lieben und Amtsträger und Glaubensgeschwister, die wir schätzen, uns wurde das Verständnis für Gottes Plan aufgeschlossen und dennoch fehlen wir...und dennoch haben wir Angst loszulassen...und Angst davor *voll* zu vertrauen. Warum ist das so und was können wir tun, um das zu beheben? Wie können wir die adamähnliche, fordernde und sündhafte Natur überwinden, wo wir doch wissen, dass uns Satan bis ans Ende unserer Tage verfolgen wird?"

"Satan will unseren Glauben brechen, damit er uns von den Auserwählten Gottes wegziehen kann. Ich denke, wenn wir tief in uns sehen, unsere Sünden suchen *und hassen,* demütig um Vergebung bitten, dann wird uns diese Vergebung auch gewährt."

"Oh Caleb, das hoffe ich. Du hast recht, so viele Menschen versagen auf andere Art und Weise und dennoch werden sie von Gott geliebt. Drogenabhängige zum Beispiel oder Alkoholikern, die hart daran arbeiten, ihre Sucht zu überwinden und ihren Zustand *wirklich* hassen und bereuen. Gott vergibt ihnen, wenn sie das Heilige Abendmahl würdig verlangen. Vielleicht müssen wir lernen, nicht zu urteilen und zu verstehen, dass jede Seele sündig ist. Keiner ist besser...jeder befindet sich nur auf einem anderen Abschnitt des Weges zum selben Ziel. Wir haben unsere Fehler und andere haben ihre."

"Genau, Ann...vielleicht zeigt uns das, dass wir nicht einzigartig, sondern gleichwertige Sünder sind, dass *jeder* von uns Fehler hat und wir *alle* in Demut vor Gott kommen und unsere Fehler zugeben müssen und dass wir alle den ernsten Wunsch im Herzen tragen müssen, uns zu verbessern und um Vergebung zu bitten. Aber was mir Sorgen bereitet ist, dass Christus sagte, 'gehet hin und sündigt fortan nicht mehr'!"

"Ja Caleb, das ist beunruhigend, weil wir immer wieder fehlen. Obgleich manche Menschen vom Bösen regiert scheinen. Manche sind so arrogant, dass sie nie in Betracht ziehen würden, dass ihr Verhalten falsch ist. Manche wissen nicht, was es heißt, das Abendmahl *würdig* zu empfangen. Aber wir müssen in Betracht ziehen, dass die Möglichkeit besteht, dass wenn wir uns weigern jemandem zu vergeben und an unserem Urteil festhalten, Gott vielleicht *dessen* Bitte um Vergebung erhört und *derjenige* dann *unseren* Platz beim Hochzeitsfest einnimmt, weil wir uns geweigert haben oder nicht fähig waren zu vergeben. Vielleicht ist es unumgänglich, dass wir unseren Hang, blind über das Tun anderer zu urteilen, überwinden. Die Schrift lehrt uns einander zu lieben, füreinander zu sorgen und einander zu vergeben, aber nicht übereinander zu richten...das steht nur Gott zu. Caleb richten wir vielleicht über uns selbst? Wie passt das zusammen?"

"Hmm...gute Frage. Nun, ich denke, dass wir über uns selbst richten *müssen*. Wir müssen den Balken in unseren eigenen Augen sehen, bevor wir nach dem Splitter in den Augen eines anderen suchen. Ich denke, dass wenn wir uns selbst betrachten...uns selbst beurteilen...und versuchen zu erkennen, was uns fehlt, es uns leichter fällt, die Not eines anderen zu verstehen. Wir können dadurch besser verstehen, dass Satan jemanden genauso in einem Bereich gefangen hält, wie er uns in einem anderen Bereich gefangen hält."

"Caleb können wir je sicher sein, dass wir mit Gott im Reinen sind?"

"Ich bin mir sicher, dass wir das können, Ann. Die Schrift zeigt uns, dass wir Gottes Wort durch die Schrift lernen müssen...dadurch erfahren wir, was er von uns erwartet. Die Schrift lehrt uns die Sakramente oder Verträge, die Gott uns anbietet, damit wir vor seine heilige Gegenwart treten können. Dies sind die Heilige Taufe, die die Erbsünde von uns nimmt, das Heilige Abendmahl, durch das unsere Sünden vergeben werden und die Heilige Versiegelung, durch die wir den Heiligen Geist erhalten, damit wir auch das geringste Übel (Satan) erkennen und die Wahrheit des Guten (Gott) verstehen."

"Caleb, steckt in allem was wir erleben eine Lektion? War Dein Unfall von Gott geplant, um uns etwas zu zeigen?"

"Nein Ann, Gott würde seinen Kindern nie Schaden zufügen. Aber Satan tut und will es. Gott muss durch seine Gerechtigkeit und durch den Krieg mit Satan zulassen, dass Satan uns versucht und sogar verletzt. Wir haben unseren freien Willen und können damit zwischen Gut und Böse unterscheiden. Durch seine Gerechtigkeit kann er unsere Wahl nicht beeinflussen. Wir müssen selbst wählen. Aber Gott weiß in seiner Allmacht und Allgegenwärtigkeit alles, bevor es passiert. Ganz wie die Fee im Märchen "Schneewittchen" die Auswirkungen durch die Hexe geplanten Dinge für Schneewittchen milderte, mildert Gott auch das, was Satan uns antut, und lässt daraus einen Segen wachsen. Es ist unsere Aufgabe, zu erkennen, was Gott uns durch unsere Erfahrungen lehren will. Dann *hat* es uns zum Guten gedient."

"Das kann alles kompliziert und einfach zugleich sein. Es ist wirklich ein Glaubenswunder zu verstehen, wie Satan arbeitet und wie Gott einen Segen aus der Asche unserer Sorgen wachsen lässt. Aber warum lassen wir uns dann dennoch entmutigen und haben Angst? Caleb, warum akzeptieren wir die Dinge nicht einfach und sind für alles dankbar?"

"Gute Frage, Ann. Vielleicht ist das wegen unserer egoistischen und ichbezogenen Natur so, die will was sie will, wann sie es will und vielleicht greift Satan unseren Glauben deshalb dauernd an. Ich denke, dass es unsere Aufgabe ist, das zu verstehen und an unserem Gottvertrauen festzuhalten, egal wie die Umstände aussehen. Satan ist ein Lügner. Er erzählt Lügen über uns und darüber, dass Gott uns niemals lieben kann, wenn wir Fehler machen."

"Danke, jetzt geht es mir besser Caleb! Aber wir sollten nun schlafen gehen...Morgen ist ein anstrengender Tag und wir müssen früh raus."

"Ann erinnere mich an diese Worte, damit ich den negativen Gedanken nicht so schnell nachgebe und damit ich Gott für diese Situation danke und für das, was sie uns bringen wird."

"Ok Caleb, aber nur wenn du für mich das gleiche tust!"

Neuntes Kapitel

WUNDERBARE GNADE

Caleb war wütend, hauptsächlich auf sich selbst. Aber Wut findet auch immer einen Weg, auch das Umfeld der wütenden Person zu treffen! Calebs hauptsächliche Beschwerde war, dass er nach drei langen Monaten des Kampfes noch immer nicht richtig laufen konnte...und er wollte wissen warum. Was lief falsch? Lag es an etwas das *er* tat? War etwas mit seinen Implantaten? Versagte sein Körper? Er lief gewissenhaft auf dem Laufband im Sportstudio und schien darauf auch perfekt gehen zu können. Und unabhängig davon, wie viel er zu Hause oder bei der Arbeit gelaufen war, lief er nach jeder Rehastunde eine zusätzliche halbe Stunde lang. Dennoch wackelte, ja watschelte er, sobald er versuchte so schnell und fest zu laufen wie auf dem Laufband und dadurch hatte er Angst zu stürzen. Seine Geduld wurde schwer geprüft.

Warum sprachen die kleinen Einschnitte oberhalb seiner Knie nicht auf die Narben reduzierende Salbe an, die Richard empfohlen hatte. Er trug sie wie angewiesen sorgfältig auf und sah, wie sich die Narben auf wundersame Weise verringerten, fast überall aber eben nicht überall. Warum?

Als er seinen Therapeuten sagte, dass ihm das Laufen Sorgen bereitete, wurde ihm gesagt, dass ein Laufband kein normales Gehen simulierte; im Prinzip wurde dabei sogar der natürliche Prozess des Abstoßens der Füße unterbunden. Das Festhalten an den Griffen des Laufbands kam dem Gebrauch einer Gehhilfe gleich, was dazu führt, dass die Beine, Füße und Zehen das Gleichgewicht nicht mehr selbstständig halten müssen.

"Was sie mir damit sagen wollen ist", antwortete Caleb, "dass ich tagein und tagaus üben muss *ohne* Stock, *ohne*

Gehhilfe und *ohne* Laufband zu laufen, wenn ich mein Gleichgewicht wieder zurückerhalten und normal gehen können will?"

"Ja! Und Sie müssen auch ein wenig schneller laufen und größere Schritte wagen. Sie müssen sich darauf konzentrieren, Ihre Beine *anzuheben, wenn Sie vorwärtsgehen*, um das was Sie als "watscheln" bezeichnen, zu eliminieren. Sie dürfen Ihr Bein nicht nur am *Knie* anheben, um einen perfekten Schritt zu machen, sondern an der *Hüfte*. Was wir hier tun können ist, Ihnen den Haltegurt umzulegen und mit Ihnen zu laufen, damit Sie sich daran gewöhnen können, schneller zu laufen und größere Schritte zu machen und dadurch Ihre Angst zu Stürzen reduzieren. Wir können auch üben, Ihre Beine anzuheben, während Sie zwischen den Sicherheitsstangen über einen Hindernisparcours laufen...und wir können Sie innerhalb dieser Sicherheitsstangen für dreißig Sekunden auf einem Bein stehen lassen und danach das Bein wechseln."

"Warum haben Sie mir das nicht früher gesagt?"

"Caleb, jeder Teil der Reha ist so geplant, dass Sie systematische Fortschritte machen. Wir werden uns also um alles kümmern, aber Sie müssen zugeben, dass Sie bei allem die Zähne aufeinanderbeißen, statt uns zu sagen, was Sie beschäftigt. Mit jeder Untersuchung werden die Gewichte erhöht, die Übungen intensiviert und festgestellt, wie weit wir Sie antreiben können...aber wir wissen nicht, was Sie tun, wenn Sie aus dieser Tür gehen...außer, wenn Sie es uns sagen. Wenn Sie uns nicht sagen, was schief läuft, selbst wenn wir fragen, können wir keine zusätzlichen Korrekturen vornehmen...Sie müssen mit uns *kommunizieren* und uns *helfen* Ihnen zu helfen. Nun, da wir wissen, dass Sie das Gefühl haben, nicht richtig zu laufen, werden wir eine Bewertung vornehmen und stärker daran arbeiten. Ich denke, dass Sie merken werden, dass es nur daran liegt, dass Sie nicht üben *richtig* zu laufen. Sie haben das Werkzeug, die Stärke und sind weit genug genesen, Sie müssen es einfach nur tun...und wir werden Ihnen helfen!"

Caleb sah sich selbst im Spiegel und bemerkte, dass er sein Bein zum Laufen vielmehr umher schwang, statt dass er Knie und die Hüfte beugte, um vorwärtszukommen. Als er sich auf das konzentrierte, was er falsch machte, konnte er das Bein doch korrekt anheben. "Deshalb stoße ich mit der Vorderseite meines Schuhs gegen den Boden!!" Der Therapeut sagte ihm, es wäre sehr wahrscheinlich, dass er schon seit Jahren unbewusst so ging. Als er verstanden hatte, was schief ging, konzentrierte sich Caleb auf das Anheben des Beins und war entschlossen, sich das Schwingen und Schlurfen abzugewöhnen. Er war gleichzeitig glücklich und wütend auf sich selbst, weil er nicht schon viel früher gemerkt hatte, was er falsch gemacht hatte. Sein Therapeut erklärte, dass selbst wenn er es früher gemerkt hätte, er an diesem Punkt noch nicht stark genug gewesen wäre, etwas zu ändern.

Um Caleb den Aufwand zu ersparen, sich nach der Arbeit auf dem Weg ins Fitnesszentrum umzuziehen, hatte Ann an zwei Hosen die äußere Naht vom Knie an abwärts aufgetrennt und einen Klettverschluss angebracht. Während der Arbeit, am Schreibtisch und auch während der Therapie konnte Caleb den Klettverschluss öffnen, um den Stoff von seinen Narben fernzuhalten. Und der Therapeut konnte sie bei liegenden Übungen und der Massage öffnen und die Narben sowie die restlichen Spuren der 35 Klammern pro Knie, die zehn Tage nach der Operation entfernt worden waren, beurteilen. Die zwei Narben waren noch immer rot und unansehnlich und vertrugen es nicht, wenn sie mit einer Decke oder einem Kleidungsstück in Berührung kamen. Caleb fragte, ob es stimmte, dass die Narben reduzierende Salbe nicht bei Narben half, die für einen längeren Zeitraum der Sonne ausgesetzt worden waren. Er war besorgt, weil er im Rehazentrum manchmal im Rollstuhl draußen gesessen hatte, ohne seine Knie vor der Sonne zu schützen. "Warum hat man mir das nicht gesagt?", fragte er. "Ich hätte die Sonne meiden können!"

Der Therapeut wies ihn an, die Salbe weiter zu verwenden und sie sanft auf dem vernarbten Bereich aufzutragen, um Verwachsungen aufzubrechen. Caleb spürte, dass die Narben sich mit der Zeit und trotz der Sonne reduzierten. "Man muss so viel über diese Operation und den Rehaprozess wissen, dass die meisten Patienten vermutlich von den vielen Informationen überwältigt wären. Deshalb versuchen wir die Dinge im Laufe der Zeit zu erklären und zu helfen, wo wir können, aber es muss so viel beachtet werden und zusätzlich ist jeder Patient anders...jeder hat einen anderen Heilungsprozess, andere Schmerzgrenzen, einen anderen Bedarf die Dinge zu verstehen und sogar ein anderes Maß an Übungen, auf die er anspricht." Caleb verstand das, war aber dennoch froh, seine Fragen gestellt und Antworten erhalten zu haben.

Als er nach der OP seinen ersten Besuch in Richards Praxis machte, wurde ein Röntgenbild seiner Knie gemacht und für perfekt befunden. Caleb hatte dennoch Fragen. Er wollte wissen, ob seine Knie die Metalldetektoren in öffentlichen Gebäuden oder am Flughafen auslösen könnten. Er war enttäuscht, als man ihm sagte, dass das sicherlich der Fall sein würde, weil die neuen sensiblen Detektoren auch durch das Titan ausgelöst würden, aus welchem seine neuen Knie bestanden. Caleb wollte auch wissen, warum sich seine neuen Knie so schwer anfühlten. Richard lächelte über Calebs Frage und dessen Neugierde verstehend erklärte er: "Weißt Du Caleb, ein Bein alleine wiegt ungefähr ein Viertel Deines ganzen Körpers und das neue Knie wiegt nur etwa 200 bis 250 Gramm, Du fühlst also nicht das Gewicht, es ist nur die Schwellung und die Taubheit und Schwäche...und die Muskeln, Sehnen und Bänder, die sich wieder anpassen und dadurch Dein Bein schwer und steif wirken lassen...und das alles wird in ungefähr einem Jahr verschwinden."

"Oh Richard, es gibt so viel, was man als Patient lernen muss...wäre es nicht sinnvoll den Patienten eine Checkliste zu geben?"

"Das wäre zu verwirrend Caleb, weil es zu viele Aspekte bei dieser Art der Rekonstruktion gibt. Es wäre aber eine gute Idee, wenn jedes Thema eine eigene Checkliste hätte, wenn spezifische Fragen auftreten."

"Ja...und wer trägt diese Informationen zusammen und wo würden diese gelagert werden und wie würde der Patient erfahren, dass es sie überhaupt gibt? Logistik...ich weiß...Logistik!"

Aber trotz der ganzen neuen Informationen und all den Fortschritten, die er machte, war Caleb frustriert. Er wollte wieder zu seinem alten Selbst werden...jetzt...nicht erst in einem Jahr...oder zwei! Manchmal brachte ihn seine Frustration über den langsamen Verlauf der Genesung dazu, seine Beherrschung zu verlieren. Er wusste, dass jeder, egal ob gut oder böse, wütend wurde. Sogar Gott wurde wütend. Christus auch! Einmal wurde er sogar so wütend, dass er die Markttische im Tempel umwarf! Er wusste jedoch, dass es Unterschiede zwischen dem Gefühl der Wut, deren Ausdruck und einer beibehaltener Wut gab. Er wusste, dass die Wut eine natürliche Konsequenz der adamähnlichen Natur war und während wir uns von der adamähnlichen Natur in die christusähnliche Natur entwickeln, lernen wir...und wünschen uns dadurch...unsere Wut zu kontrollieren.

Anfangs, dachte er, *fühlen wir Wut, aber das kann dazu führen, dass wir unsere Wut zum Ausdruck bringen und das kann sowohl produktiv als auch negativ sein. Produktiv ist* es, wenn wir unsere Wut ruhig eingestehen, und erklären, warum wir über eine bestimmte Situation aufgebracht sind und sagen, was unserer Ansicht nach geändert gehört, damit das in Zukunft nicht mehr passiert. Das hilft uns Umstände zu vermeiden, die Wut auslösen, und hilft uns unsere Gefühle und Bedürfnisse denen gegenüber auszudrücken, mit denen wir zusammenwirken.

Negativ ist es, wenn wir unsere Gefühle offen in einer Art ausdrücken, die andere ärgert und wir keine konstruktiven Erklärungen liefern oder Möglichkeiten den Grund für unsere Gefühle zu beheben. Eine negative Reaktion zeigt, dass wir unsere Wut nicht unter Kontrolle haben, sie nicht zu einer Lösung leiten, die auf Liebe und Respekt basiert und dass wir nicht aktiv nach einer Lösung suchen. Das ist für unser Umfeld und unser Seelenheil schädlich.

Die andauernde Wut wird von Satan unterstützt und muss überwunden werden. Die Erinnerung an das, was unsere Wut ausgelöst hat, kann dazu beitragen, dass wir uns von Schaden fernhalten, aber das Beibehalten oder Beherbergen von Wut lässt unser Urteilsvermögen trüben, hält uns von Veränderung und Wachstum fern und raubt uns die Liebe. Es raubt uns auch die Fähigkeit die Früchte des Heiligen Geistes zu erhalten, die uns helfen uns zu der *durch Christus ausgedrückten göttlichen Liebe zu führen. Wenn wir die Wut beherbergen, kann uns das auch krankmachen, weil es unseren Frieden zerstört, Unruhe, Hass und andere zerstörende Gefühle hervorruft. Es zeigt auch, dass wir nicht vergeben haben.*

Caleb wusste auch, dass die Schrift erklärte, dass mit der Zeit die Kraft der Liebe und des Gebets sowie unser persönliches Beispiel eine Botschaft hervorrufen kann, die andere zum Umdenken bringt. In Psalm 133:1 heißt es, *"Siehe, wie fein und lieblich ist's, wenn Brüder einträchtig beieinander wohnen!"* Deshalb hat unsere subtile Botschaft durch unser persönliches Verhalten eine viel weit reichendere Auswirkung, als wir denken. Caleb wusste, dass er auf sich selbst wütend war und dass dies Probleme auslöste, nicht nur bei ihm, sondern auch bei seinem Umfeld. Er wusste auch, dass Gott uns den Segen anbietet, mit unsere Wut richtig umzugehen. *Wir erhalten etwas unglaublich Wertvolles, wenn wir unseren Ärger richtig zu handhaben lernen. Satan mag die Wut inspirieren, aber Gott kann sie zu einem Segen für uns werden lassen. Das ist eines der größten Wunder in unserem Glaubensleben: Dass das was uns verletzt in etwas gewandelt werden kann, dass uns hilft sobald wir wissen, wie wir die Dinge im Sinne Gottes handhaben sollen. Gott wirkt auf wundersame*

Arten, und wenn wir lernen, wie dieser Prozess funktioniert, können wir vieles überwinden. Wir können uns selbst helfen und auch anderen. Wir können feststehen und unsere Wut unterdrücken, wohl wissend, dass Gott uns liebt und aus unserem Beispiel ein Wunder wirken wird. Auch wenn wir zeitweise unserer Angst oder unserer Wut verfallen, können wir uns da herausarbeiten und in diesem Prozess dem Herzen Gottes Freude bringen.

Er erinnerte sich an Kolosser 3:21 *"Ihr Väter, erbittet eure Kinder nicht, damit sie nicht scheu werden."* und an Hebräer 13:6 *"So können auch wir getrost sagen: Der Herr ist mein Helfer, ich will mich nicht fürchten; was kann mir ein Mensch tun."* und dass Matthäus 7:12 lehrt, *"Alles nun, was ihr wollt, dass euch die Leute tun sollen, das tut ihnen auch!..."* und dass wir in Sprüche 16:24 lesen, *"Freundliche Reden sind Honigseim, trösten die Seele und erfrischen die Gebeine."* Und in Sprüche 8:32, *"So höret nun auf mich, meine Söhne! Wohl denen, die meine Wege einhalten!"* Caleb wusste, dass die Wut ihren Platz hatte und man manchmal wütend werden musste. Aber in vielen Fällen wurde man bei völlig belanglosen Dingen wütend.

Im Endeffekt lehrt uns die Schrift, dass wir vor dem Bösen fliehen, aber alle Seelen lieben und wo möglich Frieden miteinander halten sollen. Wir müssen zusammenarbeiten, um zu lernen und Gottes Wort zu lehren, damit wir Teil der ersten Auferstehung werden und wir müssen die Fallen überwinden, die Satan für uns aufstellt. *Es ist unsere Aufgabe, ständig zu überprüfen, ob wir Gottes Willen tun. Wir müssen unsere Wut loslassen und alle Verletzungen vergeben, auch wenn wir uns an den Schmerz erinnern müssen, um uns in Zukunft zu schützten. Es wird* **nicht** *von uns verlangt, dass wir an denen festhalten, die uns nur Schlechtes wollen. Warum sollte sich also jemand mit mir abgeben wollen, wenn ich immer wütend und frustriert bin? "Denn Gott wird alle Werke vor Gericht bringen, alles, was verborgen ist, es sei gut oder böse." Prediger 12:14*

Also entschied sich Caleb, im Bewusstsein, dass er, vor allem wenn er Schmerzen hatte, bei Ann und den Kindern oft zu kurz angebunden war, zu versuchen, seine Wut zu bremsen und das Leben für sein Umfeld angenehmer zu gestalten. Er machte Fortschritte! Er konnte nun von den meisten Stühlen ohne starke Schmerzen aufstehen, er konnte mit gebeugten Knien für längere Zeit sitzen, und...ohne Hilfsmittel laufen. Richard hatte ihn von Anfang an gewarnt, dass es ein bis zwei Jahre dauern würde, bis er wieder vollständig gesund, 'normal', sein und sich die Knie wie eigene Körperteile anfühlen würden. Deshalb musste er seinen Zustand einfach akzeptieren und anerkennen, dass er Vergebung für seine Undankbarkeit benötigte und dafür, wie er seine Frustration auf sein Umfeld projiziert hatte. Er erkannte auch, dass Ann seit Monaten sein 'Dienstmädchen' gewesen war...sie hatte ihm 'Kaffee gebracht, Zeitschriften, an die er nicht herankam, sie fuhr ihn überall hin, bis er wieder alleine fahren konnte. Er begriff, dass eine beidseitige Knieoperation einen längeren Heilungsprozess mit sich brachte und dass Ann sich nie beschwert hatte. Er konnte ihr nicht helfen, aber sie half ihm während dieser Zeit bei allem. Er schuldete ihr etwas und hatte sich dennoch nur beschwert.

Er erinnerte sich daran, als er nach ungefähr drei Monaten des Heilungsprozesses eine Grippe bekommen hatte und sie in die Apotheke geeilt war, um ihm Hustensaft und Lutschtabletten zu holen und die vielen Portionen Hühnersuppe, die sie gekocht hatte. Hatte er ihr gedankt? Hatte er ihre Hilfe geschätzt oder sie als selbstverständlich angesehen? Sogar Joe und Prediger hatten viel für ihn getan. Sie hatten ihn im Krankenhaus und im Rehazentrum, ja sogar zu Hause besucht. Sie waren die Leiter hochgestiegen um Glühbirnen auszuwechseln, die an der gewölbten Decke des Wohnzimmers ausgegangen waren. Sie hielten ihn auf dem Laufenden bezüglich des

Geschäfts...und...deckten ihn bei der Arbeit. Nicht dass er das gebraucht hätte, aber er konnte nun erkennen, wie sie immer ihm die Arbeit, die sie erledigt, hatten zugutehielten, wenn die großen Bosse anwesend waren. Hatte er ihnen jemals Wertschätzung gegenübergebracht?

Caleb dachte plötzlich darüber nach, wie nachlässig er gewesen war und was er tun musste, um das zu ändern. Er erkannte, dass es eins der schwierigsten Dinge für einen wahrhaft liebenden Christen war, zu lernen "Entschuldigung" zu sagen und dann sich selbst zu vergeben. Er wusst auch viel über Menschen, die leicht anderen leicht vergeben konnten, aber dennoch oft an die eigenen Fehler denken mussten, die sie entweder begangen hatten, bevor sie Christen wurden oder während sie im Glauben wuchsen und das verursachte schlaflose Nächte und Kummer. Vergangene Taten und Worte zurückrufen ist nicht möglich und dadurch spielt sich in unseren Köpfen oft das gleiche Gedankenszenario ab, bei dem wir uns wünschen, dass diese Umstände nie passiert wären. Er dachte daran, wie zuverlässig die Vergebung derer, die wir verletzt haben, half diese Gedankenspiralen aufzulösen. Eine Entschädigung hilft auch bei der Lösung der Sorgen, die wir durchleben. Aber oft ist die Person, die wir verletzt haben schon tot, umgezogen oder weigert sich zu vergeben oder würde die Chance nutzen, uns erneut zu verletzen. Dadurch wird die so hilfreiche Lösung der Schuld und die Selbstvergebung ausgeschlossen. Es gibt aber noch ein anderes Element in diesem Dilemma, die Christen in Betracht ziehen sollten und, das ist, wie der Stolz jemanden davon abhalten kann, sich zu entschuldigen oder einen Fehler einzugestehen. Caleb erkannte auch, dass er ein Perfektionist war und oft von anderen ein hohes Maß an Benehmen und Arbeitsmoral verlangte. *Viele von uns sind Perfektionisten. Wir arbeiten hart daran unser Bestes zu geben und treiben uns zu einem hohen Leistungsniveau an. Das kann eine gute Eigenschaft sein. Aber manchmal vermischen sich unsere gegebenen Gaben, die uns befähigen auf diesem Niveau zu arbeiten, mit Stolz. Wir sind stolz auf unsere Erfolge und stolz auf die harte Arbeit, die wir so willentlich in unsere Errungenschaften gesteckt haben. Aber Stolz hat in einem christlichen Leben keinen Platz.*

Er erinnerte sich, dass Gott in den Sprüchen 29:23 sagte: *"Die Hoffart des Menschen wird ihn stürzen..."* Er wusste, dass der Stolz von Satan kam und dass dieser uns leicht dazu bringen kann, so viel von uns in unsere Erfolge zu stecken, dass wir keine Zeit mehr für Gott haben. Wir können auch anfangen zu glauben, dass wir unsere Erfolge durch unsere eigenen Bemühungen erreicht haben, statt durch den Segen Gottes. Die maßlose Liebe unserer Errungenschaften kann zerstörend wirken, wenn sie von uns genommen werden. *Vielleicht hält mich das zurück,* dachte er.

Wenn wir großen Stolz haben, fangen wir auch an uns selbst als außergewöhnlich zu betrachten und wollen, dass uns andere auch so sehen. Wenn wir dann gezwungen werden, zuzugeben, dass wir in den Augen Gottes nicht perfekt sind, ist unser Stolz verletzt und unterbewusst wünschen wir uns, uns wieder gut zu fühlen. Dieser Wunsch bringt uns in einen unaufhörlichen Kreislauf von Gedanken, die aus Angst, Schuld und Sorge über unsere persönlichen Fehler bestehen. Statt uns demütig zu halten, macht uns das wütend auf die Situation, die uns *zwang* unvollkommen zu werden. Satan will, dass diese Gefühle eine Barriere gegenüber der Liebe, dem Schutz und der Vergebung unseres himmlischen Vaters schaffen. Aber sobald wir wissen, dass wir auf unseren Stolz achten müssen, zugeben, dass alles was wir haben von Gott und nicht durch unsere eigenen Erfolge kommt, können wir überwinden. Wir können uns von Stolz, Wut und Schuld, die uns daran hindern uns selbst zu vergeben, befreien. Somit kann es eine Vielzahl an Lektionen in unseren

Kämpfen geben und wir können dankbar sein, dass Gott uns so geduldig in ein Bewusstsein jener Dinge bringt, die wir angehen müssen, damit wir zu der Braut werden, die er für seinen Sohn will. Wir können auch sehen, wie aus unseren Sorgen ein Segen wird. Caleb hatte keine Ahnung, dass Ann sich bereits der Gefahr des Stolzes bewusst geworden war und nun öffnete der Heilige Geist auch ihm dieses Verständnis.

Caleb entschied sich daraufhin sein Bestes zu tun, um alle wissen zu lassen, wie sehr er ihre Hilfe schätzte und wie leid es ihm tat, dass seine Wut und sein Stolz ihn veranlasst hatten, die Liebe und Dankbarkeit zurückzuhalten, die er ihnen hätte geben sollen. Er dachte an das Lied 'Amazing Grace' (unendliche Gnade) und dankte Gott, dass er sein Verständnis für diese Fehler geöffnet und ihm geholfen hatte zu erkennen, dass die Gnade, die ihm gewährt worden war, nicht nur von Gott, sondern auch von der Familie und den Freunden kam, die ihm gegenüber so treu gewesen waren. Er war der glücklichste Mann auf Erden...nein...der gesegnetste und er wollte die Dinge wieder richtig rücken!

Während Ann und Caleb dabei waren zu lernen, was Gott sie lehren wollte, lernten auch Joe und Prediger, Richard und Rachel, Matt und Sarah, Jim und Barbara, Josh und

Deb, Mary und Kevin, Elizabeth und Rebecca, Ruth und Wade, Jayden und all ihre Kinder. Sie hatten Ann und Caleb zugehört, beobachtet und das Ausmaß dessen verstanden, was geschehen war...finanziell, körperlich und geistig. Jeder Einzelne dachte darüber nach, wie er sich in Calebs Fall verhalten hätte. Jeder sah die Kämpfe, die Ängste...und dann die Stärke des Glaubens und die Antworten, die Ann und Caleb aus diesen Erfahrungen mitnahmen. Und jeder verstand, dass so etwas in der Art jedem passieren konnte...und sie mussten beten, lernen und sich auf einen spirituellen Angriff vorbereiten...und bereit sein, durch solche Umstände hindurchzugehen. Sogar Joes Herz war berührt worden. Das Beispiel, das diese Familie ihm gab...nicht ihre gegenwärtigen Sorgen...aber das Resultat ihres Glaubens und das, was aus ihnen geworden war, hatten ihn tief beeindruckt. Er wollte mehr darüber erfahren, wissen, wie man einen solchen Glauben entwickeln und wie sie werden konnte. Von ihnen unbemerkt, wurden sie für Joe zu Vorbildern und vielleicht...nur vielleicht würde er dies Prediger gegenüber eines Tages zugeben.

Zehntes Kapitel

WAHRE HEILUNG

Caleb fragte Ann, ob sie eine Zusammenkunft in ihrem Haus planen könnten. Er wollte die ganze Familie einladen und auch Richard und Rachel und viele Arbeitskollegen. Ann war von der Idee begeistert. Als sie Sarah und Barbara, Mary und Elizabeth, Debbie, Ruth und Rachel anrief, überredeten sie Ann dazu ihnen zu erlauben, etwas zu Essen mitzubringen. Sie würden sich untereinander absprechen, wer was mitbrachte, sodass ein komplettes

Menü zustande käme, von Häppchen über Vorspeisen bis hin zum Dessert! Ann war so dankbar für ihre Liebe und Unterstützung und schickte ein Gebet für sie zu Gott. Es schien so als wären alle begeistert, an dem Treffen teilzunehmen und an jenem Tag war das Haus überfüllt mit Menschen, die alle gleichzeitig sprachen. Die Aromen von einigen sehr wunderbaren Gerichten erfüllten die offene Küche und lies das Wasser im Mund zusammenlaufen. Es war ein wunderschöner Herbsttag und die Schiebetüren waren zur überdachten Terrasse hin geöffnet, jenseits derer die Blumen im Überfluss und im freudigen Zelebrieren der Zusammenkunft blühten. Ann lächelte, als sie daran dachte, dass sie wieder dort angekommen waren, wo sie sich wohlfühlten...bei der Familie und den Freunden. Sie konnte Predigers laute Stimme hören, wie er Joe wieder seinen Glauben verkündigte, indem er sagte: "Wir wissen, dass Christus für unsere Sünden gestorben ist und dass sein Tod das perfekte Opfer gewesen war, durch das unsere Sünden nicht nur vergeben werden können, sondern auch aus allen Büchern getilgt werden können. Wenn uns die Schrift diese Wahrheiten lehrt und wir an das glauben, was uns die Schrift sagt, woher kommt dann unsere fortwährende Angst? Sie kann gewiss nicht von Gott kommen, sondern von Satan. Satans Aufgabe ist es, unseren Glauben zu zerstören. Er glaubt, dass er seine Freiheit dadurch verlängern kann. Um den Glauben eines Christen zu zerstören, muss seine Hoffnung, sein Mut und seine Fähigkeit zu vertrauen persönlich angegriffen werden. Wenn Satan einen Christen auf diesen Ebenen erfolgreich angreifen kann, kann er einen andernfalls starken Glauben brechen. Wenn er uns dazu veranlassen kann, deprimiert und voller Schuld zu sein, müde und erschöpft von unseren Gedanken an die Vergangenheit und den Ängsten vor der Zukunft, so kann er uns übermannen. Wir müssen uns dann selbst fragen, warum Satan diese Macht über uns hat und was wir tun müssen, um diese Art des geistigen Angriffs zu verhindern."

Anns Aufmerksamkeit wanderte von Prediger zu Debbie, die über die Zwangslage der heutigen Jugend sprach: "Leider verweilen viele Jugendliche in dem Schmerz, den eine zerbrochene Beziehung auslöst. Das verschlimmert nicht nur ihre emotionalen und körperlichen Schmerzen, es bringt ihnen auch große Schuldgefühle, Wut und Misstrauen, was sich mit ihrem Schmerz vermischt. Sie müssen weitergehen, müssen aber auch die unterschwelligen Gründe für die zerbrochene Beziehung untersuchen. Um zu verhindern, dass sich die Situation wiederholt und ihnen erneut schadet, müssen sie anfangen, die egoistische, ungöttliche und willkürliche Natur in sich selbst und anderen zu verstehen. Dann können sie lernen, künftig bessere Beziehungen aufzubauen. Wenn man fühlt, dass man Teil eines Problems war, muss man für sich genauso viel tun, wie für andere. Man muss sich selbst vergeben, darf keine Schuld mit sich tragen, muss aber es künftig besser machen, indem man sich an die Lektion erinnert. Man muss das Problem vor Gott bringen und dann auf seine Hilfe vertrauen. Um den Schmerz über einen erlebten Verlust abklingen zu lassen, muss man der Seele vergeben und den Vorfall vergessen, aber gleichzeitig auch reiflich darüber nachdenken und sich merken, was man in Zukunft vermeiden will. Gott will, dass wir vergeben, aber er hat uns nicht gebeten das zu vergessen, was für uns zu einer Schutzmaßnahme oder Lernerfahrung werden soll. Er hat eine zerbrochene Beziehung vielleicht zugelassen, damit wir zu einem besseren und weiseren Menschen werden oder um uns vor einer Beziehung zu schützten, die unser spirituelles Wachstum nicht begünstigt hätte."

Ann sah zu Matt und Josh hinüber und staunte darüber, dass alle auf die eine oder andere Art über ihren Glauben sprachen. Matt sagte: "Die Endzeit ist eine gefährliche Ära für alle Christen. Es ist für Satan eine Zeit der großen

Macht, und wenn wir spirituell nicht vorbereitet sind, kann uns sein Zorn und seine Verzweiflung ernsthaft schaden, nicht nur geistig, sondern auch emotional und körperlich. Deshalb müssen wir uns gleichermaßen erinnern und vergeben. Wir müssen wachsam und scharfsinnig sein genauso wie hingebungsvoll und herzlich. Wir dürfen unseren Schutz nicht sinken lassen, während die Endzeit uns umgibt und wir müssen uns daran erinnern, dass Gott in Markus 13:20 deutlich warnt, *"Und wenn der Herr diese Tage nicht verkürzt hätte, würde kein Mensch selig; ...."* Wir alle haben die Verantwortung, klug und des Bösen gewahrt zu sein. Wir sollen 'besonnen' sein. In 1. Petrus 4:7 lesen wir, *"Es ist aber nahe gekommen das Ende aller Dinge; so seid nun besonnen..."* In 1. Petrus 5:8 heißt es, *"Seid nüchtern und wachet: Denn euer Widersacher, der Teufel, geht umher, wie ein brüllender Löwe und sucht, wen er verschlinge."* Wir können nicht besonnen oder wachsam sein, wenn wir unsere Lektion vergessen und dann werden wir durch sie auch niemals wachsen."

So sehr Ann ihren Glauben schätzte, war es nun doch an der Zeit für sie einfach Spaß zu haben und sich zu freuen, dass sie nach so vielen Wochen der Krankenhausbesuche wieder zusammen waren. Sie hatte zuvor Rebecca und Jayden gebeten, ob sie helfen könnten, alle in ein Spiel einzubinden. Sie hatten zugestimmt und geplant mit dem Spiel gleich nach dem Essen zu beginnen. Als nun das Grillfeuer angezündet wurde und die Schüsseln mit Essen auf dem langen Serviertisch gestellt wurden, war es Zeit für das Essen zu beten und dabei zuzusehen, wie es verschwand!

Weil Jim kürzlich ein Diakon ihrer Kirche geworden war, wurde er gebeten, um den Segen für das Essen zu bitten. Wenn Jim betete, staunten immer alle, wie sehr er sich gewandelt hatte. Als er Barbara heiratete, konnte er mit Gott nichts anfangen, er reagierte sarkastisch, wenn jemand über den Glauben sprach. Aber Gott hatte in Jims Herzen ein Wunder bewirkt und ihm gezeigt, dass er doch existierte und einen guten Grund für die Dinge hatte, die in der Welt passierten.

Jim bat Gott ihr Zusammensein und jeden zu segnen, der zu dem Essen beigetragen hatte und auch das Haus zu segnen, in dem das Treffen stattfand. Er bat Gott Caleb zu heilen und darum, dass alle würdig würden. Es war eine Freude, als nicht nur die Erwachsenen am Ende des Gebets "Amen" sprachen, sondern auch die kleinen süßen Stimmen der Kinder, sogar die der Kleinsten, die gerade erst mit

Sprechen angefangen hatten, mit einem lauten "Amen" einstimmten.

Dann wurden die Teller gefüllt und das Essen genossen. Sie strömten in alle Ecken, wo man sich zum Essen hinsetzen konnte: Vom Herd, Tisch, Sofa und Couchtisch bis hin zur offenen Terrasse und wieder kamen die Gespräche ins Rollen. Insgesamt waren es 22 Erwachsene und 17 Kinder und durch die offene Gestaltung des Hauses, die Caleb und Ann so akribisch für die Feste entworfen hatten, konnten sich dennoch alle sehen und gegebenenfalls auch hören. Anns Herz wuchs in Dankbarkeit.

Als der Nachtisch serviert wurde, sagte Caleb allen, dass er eine Ansage machen wolle und Stille legte sich über die Gruppe. Caleb fing an, indem er allen für ihr Kommen dankte, er erinnerte sie daran, dass jeder Einzelne einen besonderen Platz in seinem Herzen hatte. "Ich will nur sagen, dass es mir leidtut, wenn ich meine Frustration und meinen Zorn von Zeit zu Zeit an Euch ausgelassen habe...ich weiß, dass ich unausstehlich war...aber Ihr wart trotzdem für mich da...für Ann...so viele Monate...während wir kämpfen mussten, um durch diesen Unfall zu kommen. Ich möchte Euch für Eure Gebete danken, weil ohne die hätte ich nie Frieden gefunden. Christus macht uns in

Johannes 14:27 ein wunderbares Angebot, um unserem Mangel an Frieden entgegenzuwirken, *"Den Frieden lasse ich euch, meinen Frieden gebe ich euch. Nicht gebe ich euch, wie die Welt gibt. Euer Herz erschrecke nicht und fürchte sich nicht."*

"Das ist sehr kraftvoll. Was uns diese Worte sagen wollen ist, dass wir Gott für seinen Frieden im Gebet danken können. Sie sagen uns aber auch, dass wir Gott auch daran erinnern können, dass Christus uns seinen Frieden versprochen hat. Wir können Gott im Gebet bitten, dass sein Friede uns auch hilft, unser unruhiges Herz und unseren Verstand zu beruhigen. Wenn das nicht reicht, müssen wir sorgfältig in uns hineinhören, um das zu finden, was uns davon abhält, diesen Frieden zu finden. Wenn wir Gott um Vergebung gebeten haben, wenn wir ernstlich bereuen, wenn wir danach streben, den gleichen Fehler nicht noch einmal zu begehen und das Heilige Abendmahl empfangen haben...und noch immer keinen Frieden empfinden, müssen wir in uns hineinhorchen. Satan hat dann in unser Herz gesehen und etwas gefunden, was er zu seinem Vorteil nutzen kann. Im 2. Korinther 2:11 wird gewarnt: *"damit wir nicht übervorteilt werden vom Satan"*.

"Satan hat sich oftmals in mir einen Nutzen verschaffen können und ich war furchtbar entmutigt und konnte keinen Frieden finden. Aber durch Eure Liebe und Eure Gebete, Eure unglaubliche Unterstützung...konnten wir alles überwinden...und ich möchte nur, dass Ihr wisst, wie sehr ich all das schätze, was Ihr für uns getan habt. Danke...Ihr wart für uns ein großer Segen!"

"Hört, hört!", rief Prediger. "Es sei Dir vergeben Caleb, auch *wenn* Du manchmal am Meckern warst! Also vergiss es einfach! Und wir alle danken Dir und Ann für dieses tolle Beisammensein und das gute Essen!"

Alle stimmten zu und lachten darüber, wie Prediger von Calebs gelegentlicher Frustration sprach, und stimmten völlig zu, dass alles vergessen war. Bald fing das Geschnatter wieder an. Rebecca und Jayden sammelten die Teller und das Geschirr ein und Elizabeth fing an die Reste einzupacken, damit sie in den Kühlschrank konnten. Barbara stellte ein paar Schüsseln mit Brezeln, einzeln eingepackten Schokoladestücken, gemischten Nüssen und, für die Ernährungsbewussten, Platten mit kleinen Karotten und Stangenselleriestücken auf, wodurch es noch genug zu knabbern gab.

"Okay Leute, wir spielen jetzt ein Spiel!", kündete Jayden an. "Die Kinder können auch mitmachen."

"Wir werden uns in ein Männer- und ein Frauenteam aufteilen und jedes Team bekommt eine Frage gestellt. Wenn das eine Team nicht die richtige Antwort geben kann oder eine falsche gibt, darf das andere Team antworten. Andrew hält die Punkte fest...und ich helfe ihm dabei. Rebecca und Heza werden abwechselnd die Fragen stellen. Nur die Frauen können für die Frauen und nur die Männer können die Fragen der Männer beantworten. Nur wenn sie *nicht* antworten können oder die falsche Antwort geben, kann das gegnerische Team eine Antwort geben und Rebecca wird dazu das Zeichen geben. Okay? Hier kommt die erste Frage...und Ladies first! Rebecca?"

"Hier ist eine einfache Frage: 'Wer sind wir? Ich möchte meine Schwiegermutter sehr, und nachdem ihr Sohn gestorben war, sagte sie mir, wie ich einen neuen Ehemann finden konnte.!"

Die Männer machten sich über die Frage lustig und sahen sie als Anknüpfung an die alten Schwiegermutterwitze, während die Frauen sich über die Antwort berieten. Aber da schrie Prediger "Ruth!" heraus. Er strahlte vor Freude, weil er die richtige Antwort kannte. "Nein, nein, nein Prediger...das war eine Frage an die Frauen und nun hast Du ihnen eine Antwort vorgegeben!" "Oh nein, Du hast recht", sagte er. "Tut mir leid."

"Stell uns einfach eine neue Frage", rief Rebecca. Aber dann unterbrach Joe und sagte: "Wisst Ihr, die Beziehung zwischen Ruth und ihrer Schwiegermutter Naomi erinnert mich daran, wie Ihr zueinander seid." "Wie kommst Du darauf, Joe?", fragte Prediger.

"Ganz einfach. Alle Gespräche, die wir hatten...die Ihr alle hattet...von dem Zeitpunkt an, als Caleb verunglückte...nun, sogar schon etwas vorher...haben mich etwas gelehrt. Ich hatte einen Groll gegen Predigers andauernde Vorträge über seinen Glauben, aber nun freue ich mich darauf. Ich habe Euch alle beobachtet und erkannt, dass Ihr Euch von mir bezüglich Eurer Ängste, Sorgen, Stärken und Schwächen gar nicht unterscheidet...aber...was Ihr anders macht ist, dass Ihr, sobald Ihr über diese Situation sprecht, so wirkt, als würdet Ihr irgendwo tief graben und diesen freien Willen hervorzaubern, von dem Ihr immer sprecht. Wie Ruth und Naomi, so seit auch Ihr eng miteinander verbunden, was Euch hilft, einander zu helfen. Dadurch wendet Ihr quasi Euren freien Willen an und *wählt...* oder *entscheidet* Euch...Gott bezüglich der Umstände zu vertrauen. Ihr wisst, dass jeder von Euch manchmal Mühe damit hat, aber schlussendlich macht Ihr es und das bringt Euch durch die Problematik. Ich dachte immer, ich sei zum Scheitern verurteilt und gab auf an Gott und das alle zu glauben...aber Ihr habt mich gelehrt, dass wir alle zum Scheitern verurteilt sind, bis wir uns entscheiden, unseren freien Willen dazu einzusetzen, zu vertrauen...uns Gott anzuvertrauen. Deshalb möchte ich einfach danke sagen, dass ich ein Teil von dem hier sein darf und besonders möchte ich Prediger danken, dass er mich nicht aufgegeben hat."

"Joe, ich...ich...nun ich weiß nicht, was ich sagen soll, außer, wie sehr ich mich freue."

"Na komm schon, Prediger, fang jetzt bloß nicht an zu heulen! Ich werde Dich trotzdem schlagen, wenn Du wieder einmal zu viel predigst...aber ich weiß nun, dass das daher kommt, weil Du Deinen Glauben so sehr liebst...es muss einfach aus Dir heraus...Du musst ihn einfach mit anderen teilen."

"Ja das stimmt Joe", antwortete Prediger.

"Ich weiß, dass ich nur ein kleines Kind bin", sagte Andrew. "Ich weiß auch, dass Ihr glaubt, dass ich spiele, während Ihr miteinander sprecht, aber ich höre auch zu....und ich mache mir auch Sorgen...und zuerst musste ich sogar weinen...obwohl ich das nie jemandem erzählt habe. Aber dann, als ich gehört habe, wie Mama und Papa über das sprachen und das taten, was Onkel Joe gerade erzählt hat...wisst Ihr...wie Gott uns hilft...und welches Versprechen er uns gegeben hat und so weiter...und da ging es mir besser. Und wisst Ihr, nachdem ich Mama und Papa zugehört hatte, konnte ich besser beten, weil ich dann irgendwie wusste, was wir tun müssen. Das hat auch mir geholfen zu lernen."

Ann und Caleb hatten Tränen in ihren Augen, so dankbar waren sie dafür, dass ihre Gespräche sich immer um Gottes Erwartungen gedreht hatten und dass das für Andrew gut gewesen war.

Sarah nutzte den Moment und sagte: "Andrew, wir sind alle so stolz auf Dich, weil Du so viel gelernt hast und dadurch anderen Kindern ein Beispiel sein wirst...wenn also in Zukunft jemand ein Problem hat, wirst Du wissen, wie Du ihm helfen kannst!"

"Ja, Tante Sarah, das kann ich."

"Lasst mich Euch erzählen, was ich gelernt habe", fügte Jim hinzu. "Wie Ihr wisst, habe ich erst spät und unter großem Protest zum Glauben gefunden. Ich dachte, Gott würde unsere Gebete nicht hören und fand, dass es falsch war, so viel Leid in der Welt zuzulassen. Schließlich fing ich aber an, den Entwicklungsprozess zu verstehen. Was ich hier gesehen habe, war eine weitere Lektion hinsichtlich dieses Prozesses. Wenn wir zu uns selbst ehrlich sind und nicht dem Irrtum verfallen, wir würden immer einen Heiligenschein tragen, können wir unsere Ängste und Zweifel, unsere Fehler und unsere Trauer teilen. Wir können über diese Dinge sprechen, weil während wir das tun etwas in uns passiert. Vermutlich ist das der Antrieb des Heiligen Geistes, der uns zeigt, dass wir alle von Zeit zu Zeit so fühlen und dass es unsere Aufgabe ist, diese Gefühle durch unser Vertrauen in Gott zu überwinden. Wie Joe schon sagte, geschieht das durch unsere Entscheidung zu vertrauen. Sobald wir das tun, passiert etwas Magisches und wir finden Frieden. Ich denke, dass Satan uns in dem Moment verlässt und wir nicht länger unter seinem Angriff stehen. Klar versucht er es erneut, aber je öfter wir diese bewusste Entscheidung treffen, desto stärker werden wir und desto schneller kommen wir aus dem nächsten Angriff wieder heraus."

Caleb ergänzte: "Es ist nicht einfach unsere Unvollkommenheit zuzugeben, aber wie sollen wir lernen, ohne sie eingestehen...ohne unsere Sünden zuzugeben? Das ist ein wichtiger Teil um Vergebung zu finden. Ann und ich haben versucht unsere Ängste voreinander zu verbergen, aber als wir sie endlich zugaben, ging es uns besser und wir konnten daran arbeiten die Dinge zu berichtigten. Keiner gibt gerne Schwächen zu, aber wenn wir unseren Stolz überwinden...und wenn wir einander nicht für diese Schwächen verurteilen, entwickeln wir Vertrauen zueinander, das eine Beziehung wirklich stärkt."

Das Spiel war vergessen und alle sprachen nun darüber, was für einen wunderbaren Austausch sie gehabt hatten und wie Calebs Unfall ihre eigene Sichtweise darüber, warum guten Menschen schlechte Dinge passierten, beeinflusst hatte...es war ein Wachstumsprozess, den die wahren Kinder Gottes begrüßen und aus dem sie etwas lernen sollten.

Wieder hatten Sie eine fantastische Zeit gehabt. Schnell hatten die Frauen alles geputzt und aufgeräumt, die Männer brachten den Müll in die Mülleimer in der Garage, schoben die Möbelstücke zurück an ihren Platz und sie stellten sogar die Stuhlbeine zurück auf die Vertiefungen, die die Stühle in den Orientteppich hinterlassen hatten, auf denen sie ursprünglich gestanden hatten. Alle hatten eine gute Zeit gehabt, und bevor sie auseinandergingen, bat Caleb John darum zu beten.

John dankte Gott für die Gemeinschaft und für ihre gegenseitige Liebe. Er bat Gott Ann und Caleb besonders dafür zu segnen, dass sie ihr zu Hause so freimütig für jeden öffneten und um Calebs vollständige Genesung. Er bat auch dafür, dass alle auf dem nach Hause Weg geschützt waren und zu Hause alles in bester Ordnung vorfinden würden.

Als sich die Tür hinter dem letzten Gast schloss und Andrew und Lorraine erschöpft von den Festivitäten freiwillig in ihre Betten gegangen waren, fühlten Ann und Caleb, dass dieser Abend wahrhaftig ein Zeichen für Calebs Genesung und einen Neuanfang gewesen war.

Aber Satan gibt nicht einfach auf. Er wollte ein weiteres Mal auf Caleb und Anns Glauben abzielen. Er hatte ein weiteres Ass im Ärmel.

Elftes Kapitel

DIE HAND AUSSTRECKEN

Sowohl Ann als auch Caleb wussten, dass jeder Fehler macht und dass Satan Menschen benutzt um Unheil zu bringen. Sie wussten, dass manche davon gute Menschen waren, die den durch Satan inspirierten Fehlern verfallen waren, andere kümmerten sich nicht um Gottes Erwartungen. Sie hatten gelernt, sich daran zu erinnern und das auszurotten, was sie in ihrem Herzen zugelassen hatten. Sie versuchten das, was in anderen wohnte, zu erkennen, um in Zukunft bestimmte Situationen zu vermeiden, ohne zu urteilen. Sie wussten, dass das Böse jeden umgibt und versucht. Deshalb mussten sie die Lektion, die ihren Fehlern beiwohnte, genauso verinnerlichen, wie das was andere aus ihren Fehlern lernten. Die Lektionen sollten als Warnung gelten, um nicht nochmals in die gleichen Fehler zu machen. Sie wussten, dass sie, wenn sie Beziehungen zu anderen Seelen eingingen, die *nicht* nach Gott suchten, sondern und die Lehre verspotteten, sie sich ein Joch umlegten, durch das einer oder beide unweigerlich fallen könnten. Sie wussten auch, dass wenn die Schrift uns lehrt, dass wir uns mit dem Wort Gottes bewaffnen müssen, dass uns das helfen soll, die geistige Bosheit zu erkennen, die versucht uns zu verschlingen. Die Rüstung, von der die Bibel spricht, sind Gottes Wort und seine Anweisungen. Zusammen mit der Macht Gottes wirken sie als Schutz. Wenn unser Herz für Gott schlägt und wir vollständig verstehen, was er erwartet, welcher Gefahr wir ausgesetzt sind, wie unsere Zukunft sein wird und wenn wir danach streben ihm zu gefallen, werden wir immer seine Führung und seinen Schutz haben. Wenn wir die Weisheit, den Mut und die Selbstachtung entwickelt haben zu lernen und zu überwinden, mit anderen Menschen Gemeinschaft zu haben, die dasselbe tun und diejenigen zu lehren, die noch nicht verstanden haben, sind wir genug gereift, um etwas

Wertvolles anbieten zu können. Bleiben wir aber in göttlichen Dingen selbstgefällig und in persönlichen Belangen verzweifelt und leben wir ohne Selbstbeobachtung, so können wir geistig nicht wachsen und begehen den gleichen schmerzhaften Fehler immer wieder. Wenn wir bei einer Schwierigkeit unser Vertrauen in Gott verlieren, haben wir weder eine Beziehung mit ihm aufgebaut noch gelernt, dass wir ihm vertrauen können.

Caleb und Ann war bewusst, dass eins der vielen wertvollen Geschenke Gottes das Versprechen war, das wenn sie ernsthaft danach *strebten,* Gottes Willen zu tun, er sie ungeheuerlich belohnen würde. Sie hatten immer das Wort aus Matthäus 25:21 bestaunt, in dem es hieß:*"...du bist über wenigem treu gewesen, ich will dich über viel setzen..."* Sie wussten, dass Gott sie als seine Kinder bezeichnete und dass er ein erkennbares Wachstum in ihnen erwartete, aus dem heraus sie zur Braut Christi werden konnten. In 1. Korinther 13:11 wurde erklärt: *"Als ich ein Kind war, da redete ich wie ein Kind und dachte wie ein Kind und war klug wie ein Kind; als ich aber ein Mann wurde, tat ich ab, was kindlich war."* Es war nicht einfach, ihre egoistische Natur zu überwinden, aber wenn sie es schafften, wäre die Belohnung groß. In Offenbarung 2:11 hieß es dazu, *"...Wer überwindet, dem soll kein Leid geschehen von dem zweiten Tod."* Und der Vers 26 verspricht, *"Und, wer überwindet, und hält meine Werke bis ans Ende, dem will ich Macht geben über die Heiden."*

Eines Abends, als Ann und Caleb am Kamin saßen, fragten sie Lorraine und Andrew, ob sie sich an einem Gespräch bezüglich Gottes Erwartungen, beteiligen wollten. Andrew und Lorraine waren begeistert und fühlten sich 'erwachsen'. "Caleb", fing Ann an, "ich weiß, dass wir, solange wir im Fleische stehen und in Satans Machtbereich leben keine Perfektion erreichen können, und dass Gott unser Streben, seinem Wort in unserem Leben zu folgen, belohnt. Wir sollen unsere Fehler bereuen und für die Vergebung der Sünden dankbar sein. Die Sündenvergebung befähigt uns, alte Fehler abzuschließen und in den Augen Gottes zu überwinden. Aber was passiert, wenn wir den gleichen Fehler immer wieder begehen?"

"Nun", antwortete Caleb, "die Schrift sagt uns...in Römer 12:2: *"Und stellt euch nicht dieser Welt gleich, sondern ändert euch durch Erneuerung eures Sinnes, damit ihr prüfen könnt, was Gottes Wille ist, nämlich das Gute und wohlgefällige und Vollkommene."* Und Galater 5:1 warnt: *"...lasst euch nicht wieder das Joch der Knechtschaft auflegen!"* Das zeigt uns, dass wir erneut dem Bösen erliegen können, nachdem wir der Sünde entsagt haben und sogar nachdem Gott uns befreit hat. Um ein Überwinder zu werden, müssen wir uns also vor den Fallen schützen, die uns vielleicht erneut binden könnten und sogar dabei zeigt uns Gott, wie wir unser Ziel erreichen können. Die Rüstung Gottes wird die ganze Schrift hindurch genannt und uns wird gesagt, dass Gott, der um unsere Zerbrechlichkeit weiß, uns diesen Schutz anbietet. Epheser 6:11 sagt deutlich: *"Zieht an die Waffenrüstung Gottes, damit ihr bestehen könnt gegen die listigen Anschläge des Teufels."* Das heißt, ohne die Rüstung, die Gott anbietet, können wir dem Bösen nicht widerstehen. Des Weiteren heißt es in Römer 13:12: *"Die Nacht ist vorgerückt, ...so lasst uns...anlegen die Waffen des Lichts."* Und...es bleibt nicht mehr viel Zeit, bis Christus zurückkehrt. Wenn er wiederkommt, wird es für eine Veränderung zu spät sein."

"Papa", fügte Andrew hinzu, "in der Sonntagsschule habe ich gelernt, dass Gottes Rüstzeug Gerechtigkeit genannt wird und dass Gerechtigkeit unser Glaube ist...und...und dass der Glaube aus unserer Beziehung zu Gott kommt."

"Ja!", sagte Lorraine. "Ich habe das auch gelernt! Wir müssen Gottes Willen lernen, hart daran arbeiten ihn zu tun und wir müssen das Heilige Abendmahl zur Vergebung annehmen, wenn wir einen Fehler gemacht haben."

"Das stimmt, meine kleinen Lieblinge, ich bin stolz auf Euch!", antwortete Ann. "Vielleicht habt Ihr auch gelernt, dass das Wort 'Dunkelheit' für das Böse und das Wort 'Licht' für Christus steht und für alles, was er gelehrt und für uns geopfert hat. Wenn wir die Schutzrüstung Gottes haben möchten, müssen wir alle Werke des Bösen ablehnen und alles annehmen, was Christus uns gebracht hat. Wenn wir unser Bestes gegeben haben, dieses Ziel zu erreichen, wird Gott uns befähigen, dem Bösen zu widerstehen, wenn es auf seinem Höhepunkt ist. In 2. Korinther 6:7 heißt es, *"In dem Wort der Wahrheit, in der Kraft Gottes, mit den Waffen der Gerechtigkeit zur Rechten und zur Linken."* Wenn wir die angebotene Rüstung haben, verspricht Gott, dass wir dem Bösen in der Endzeit widerstehen können. In Epheser 6:13 heißt es, *"Deshalb ergreift die Waffenrüstung Gottes, damit ihr an dem bösen Tag Widerstand leisten und alles überwinden und das Feld behalten könnt."*

"Papa?" fragte Lorraine. "Was würde passieren, wenn Satan zu uns käme und wir diese Dinge nicht wüssten?"

"Dann kann er Furcht in unser Herz säen oder uns stürzen. Und mit der Zeit kann er unseren Glauben vernichten."

"Papa?", fragte Lorraine erneut. "Was passiert, wenn Satan uns aufsucht, obwohl wir alles getan haben?"

"Dann kann er uns nicht berühren, Schatz. Dann kann er uns nichts anhaben, weil Gott und seine Engel sich um uns scharen, uns schützen und uns durch alles tragen werden."

Wenn Satan also nochmals zuschlagen sollte, würden Ann und Caleb vorbereitet sein. Alles, was sie tun mussten, war Gott zu vertrauen. Sie mussten ihr Bestes geben, dem Sturm ins Auge zu sehen. Aber das war einfacher gesagt als getan und was passieren sollte, war in der Tat Furcht einflößend...weil Satan da zuschlug, wo es am meisten wehtat...in der Brieftasche. Er nährte erneut das Angstgefühl, das Ann und Caleb gerade erst in den Griff bekommen hatten. Das war die letzte Prüfung.

Ann und Caleb hatten die Bibel gelesen und diskutierten Teile aus der Offenbarung. Sie hatten Andrew und Lorraine gefragt, ob sie auch zuhören wollten und die Kinder waren völlig begeistert, dass sie Teil des Rituals werden durften, welches ihre Eltern nun täglich eine halbe Stunde lang durchführten. Die heutige Diskussion drehte sich um die erste Auferstehung und wer bei Christi Rückkehr entrückt werden würde.

In Offenbarung 7:13 hatten sie gelesen: *"...Wer sind diese, mit den weißen Kleidern angetan und woher sind sie gekommen?"* Offenbarung 7:14 beantwortete diese Frage mit den Worten, *"Diese sind's die gekommen sind aus großer Trübsal und haben ihre Kleider gewaschen und haben ihre Kleider hell gemacht im Blut des Lammes."* Sie sprachen darüber, wie ein weißes Kleid für eine unbefleckte Seele stand, deren Sünden vergeben worden waren und, die nach Gottes Willen strebte. Andrew hatte hinzugefügt, dass ihm beigebracht worden war, dass das 'Blut des Lammes' das Opfer Christi war, das zur Vergebung der Sünden vollbracht worden war.

Caleb erklärte, dass das Wort 'waschen' bezeichnend für zwei Prozesse war. Der Erste setzte voraus, dass man seine Sünden zugab, sie bereute, danach strebte die Tendenz zu überwinden, sie erneut zu begehen und in diesem Streben weitestgehend Erfolg hatte. Der zweite Teil ist die

Akzeptanz und Teilnahme am Sakrament des Heiligen Abendmahls, das durch Christi Opfer gegeben wurde.

Dann las Ann aus Offenbarung 3:5 *"Wer überwindet, der soll mit weißen Kleidern angetan werden, und ich werde seinen Namen nicht austilgen aus dem Buch des Lebens, und ich will seinen Namen bekennen vor meinem Vater und vor seinen Engeln."* Sie las auch aus Offenbarung 21:7, wo es hieß: *"Wer überwindet, der wird es alles ererben, und ich werde sein Gott sein, und er wird mein Sohn sein."*

Lorraine sprang von Anns Schoß, schnappte sich den Schal, der auf der Lehne des Sofas lag und marschierte durch das Wohnzimmer so tuend als wäre der Schal ihr weißes Kleid. Andrew drückte ein Kissen auf seine Brust und folgte seiner Schwester: "Ich trage die Rüstung Gottes...keiner kann mir etwas tun!" So fing ihr Tag mit einem fröhlichen Herzen und dem erneuerten Versprechen an, diese wenigen Minuten am Tag dazu zu nutzen, über Gott zu lernen und das zu verinnerlichen, was er durch die Schrift lehrte. Sie waren wieder glücklich.

Ann und Caleb unbekannt, und noch bevor Caleb ins Krankenhaus gekommen war, hatte die Firma, die für den

Bau des Einkaufszentrums verantwortlich war, ganz eigene Probleme. Die Wirtschaftslage war schlecht und ein paar der Investoren stiegen aus. Schlimmer noch, es gab ein anderes Unternehmen, das sich bereit machte die Firma, für die Caleb arbeitete, zu übernehmen. Eine Möglichkeit, um das zu verhindern, war eine Reorganisation...und das hieß für gewöhnlich, dass alle Ausgaben gestoppt wurden, bis neue Aktionspläne formuliert und genehmigt waren.

Was Caleb auch nicht wusste, war, dass eine der Überlegungen war, das Land am anderen Ende des Einkaufszentrums zu verkaufen, welches für ein paar größere Restaurants, ein Kino und größere Supermärkte vorgesehen gewesen war. Diese Pläne aufzugeben, würde die Firma Millionen von Dollar sparen, besonders weil sie das Land einfach an jemand anderen verkaufen konnten. Calebs Grundstück, das er und Ann für das Appartmentgebäude gekauft hatten, war auf der anderen Seite des Lands, das die Firma verkaufen wollte. Ein schäbiger Bau auf diesem Land oder ein Bau, der den Bewohnern von Calebs Appartments keine potenziellen Annehmlichkeiten bot, konnte eine ernsthafte Auswirkung auf die Mieten haben. Caleb wolle einen hochwertigen Komplex bauen, was bedeutete, dass die Appartments eine hohe Miete abwarfen, was wiederum Caleb helfen würde, seinen Kredit zurückzuzahlen.

Als Caleb zwei Tage nach dem Fest zurück zur Arbeit kam und die Gerüchte über die Pleite und das Versagen der Firma hörte, kehrte seine Angst mit Macht zurück. Seine erste Reaktion war, Gott zu fragen, warum er das zugelassen hatte. Er war beschämt sich zu hören und zu merken, dass er in seinen Gedanken sofort Gott die Schuld gab. *Das habe ich doch gerade erst hinter mich gebracht,* dachte er. *Habe ich meine Lektion nicht gelernt?* Er bat seinen himmlischen Vater um Vergebung und mit einem entschlossenen Versuch sagte er sich immer wieder, dass, egal was passieren würde, seine Stärke und sein Herz bei dem sein würden, was Gott und nicht er selbst wollte. *Würde Ann auch so denken? Wird das für sie okay sein,* fragte er sich?

Trotz dieser Gedanken raste Calebs Herz und er versuchte sich zu beruhigen, indem er darüber nachdachte, was ihn die Schrift gelehrt hatte. *Die Heilige Schrift sagt uns deutlich, dass Menschen Sünder sind und dass alle Menschen anfällig für Versuchungen sind. Deshalb ist es für mich wichtig, daran zu denken und wirklich zu verstehen, dass Satan und seine Helfer leben und in ihrem Streben den Kindern Gottes zu schaden, um sich greifen. Satan ist eine böse Einheit, die den Menschen befallen kann und ohne Gott bin ich so schwach, dass ich einer solchen Attacke erliegen kann. Ich muss auch erkennen, dass, während ich gegen so eine Einheit kämpfe, ein anderer auch gerade gegen einen satanischen Geist ankämpfen kann. Vielleicht reagiere ich auf das was ein Mensch tut oder sagt, aber ich sollte mit dem Verständnis darauf reagieren, dass ich statt dessen auf das reagieren sollte, was diese geistigen Einheiten in diesen Menschen auslösen könnten.* Caleb erinnerte sich an die warnenden Worte aus Hosea 4:6: *"Mein Volk ist dahin, weil es ohne Erkenntnis ist..."* Dieser Vers erklärt wie viele andere in der Schrift, dass wir ohne ein Verständnis für Gottes Willen, nicht gegen das Böse kämpfen können. Wenn wir aber Gottes Worte lernen, werden wir erkennen, dass Gott uns zeigt, was böse ist, wie man es bekämpfen kann und wir lernen alle Seelen zu lieben, auch diejenigen, die vom Bösen beeinflusst werden. Gott lehrt uns durch die Heilige Schrift, dass der Mensch von satanischen Einflüssen besessen und gelenkt werden kann und dass er, sobald er davon befreit ist, sein Leben gerne ändert. Deshalb betrüben wir Gott, wenn wir unsere Zeit und Energie damit verschwenden, den falschen Kampf zu kämpfen.

Caleb sagte sich, dass er vor den Lügen, die das Böse verbreitet und durch die wir von den eigentlichen Thema, nämlich unserem unumstößlichen Vertrauen zu Gott, abgelenkt werden, auf der Hut sein musste. *Satan liebt es unerkannt und geheim daran zu arbeiten, Christen von Gott fernzuhalten. Er will, dass wir hassen, verurteilen und verdammen...nicht ihn, sondern Gott. Er ist so raffiniert, dass viele gar nicht an seine Existenz glauben.* Caleb erinnerte sich auch an 1. Mose 3:1, wo es heißt, *"...die Schlange war listiger als alle Tiere..."* Und, dass Satan in Matthäus 4:1 sogar "der Versucher" genannt wird. *"Da wurde Jesus...geführt...damit er von dem Teufel versucht würde."* Und in Matthäus 4:3 *"Und der Versucher trat zu ihm und sprach..."* Und, dass er Zeichen setzen kann und Macht hat, wie es in 2. Thessalonicher 2:9 heißt, *"...in der Macht des Satans...mit großer Kraft und lügenhaften Zeichen und wundern."*

Natürlich wurde er später an diesem Nachmittag in das Büro des Rechtsanwalts gerufen, um einige der leitenden Angestellten der Konzernzentrale zu treffen. Bevor Caleb ging, rief er Ann an, um ihr zu sagen, dass er in eine Besprechung müsse und nicht wüsste, wann er nach Hause käme, aber dass er sie anrufen würde, sobald die Sitzung vorbei sei. Er sagte noch nicht, was er vermutete. *Warum soll ich sie beunruhigen, bevor ich alle Fakten kenne. Warum soll sie die gleiche Angst empfinden, wie ich, obwohl ich mich entschlossen habe, Gott zu vertrauen?*

Caleb betete. *Lieber Gott* sagte er, *hier bin ich wieder und dieses Mal weiß ich, wo ich eine Entscheidung treffen muss. Ich muss in meinem Herzen alles loslassen, was ich einst als wichtig empfand und mich entscheiden, dass das was auch immer...was auch immer Du für mein Leben entscheidest...und für das Leben meiner Familie...für mich nicht nur in Ordnung sein wird...sondern, dass wir es froh akzeptieren. Wir lieben Dich und möchten uns mit unserem Herz und unserem Verstand dazu entscheiden, Deinen Willen zu akzeptieren. Unsere Körper mögen davor zurückschrecken, aber Vater, lass dadurch nicht unser geistiges Wachstum gehindert werden. Hilf mir Vater, denn ich bin schwach. Hilf mir Vater, das Richtige zu tun, gläubig und ein Vorbild für meine Familie zu bleiben.*

Acht Männer saßen im Besprechungsraum des Anwalts. Ihr Sprecher fing an, indem er ihre Hauptanliegen ansprach...die Zahlen...die Kosten, Ausgaben, Verluste, Profite und so weiter. Er fuhr weiter, indem er den Plan ansprach, den die Banken und die Geschäftsleitung freigegeben hatten und, den alle nun befolgen mussten. Das besagte Stück Land musste verkauft werden. Die übrigen Aspekte der gegenwärtigen Bauprojekte blieben wie gehabt. Das Personal würde sich nicht ändern, aber sie würden das Eröffnungsdatum des Einkaufszentrums verschieben, damit sie die finanziellen Verpflichtungen erfüllen konnten, die ihnen aufgeladen worden waren. Das war es. Sie waren entlassen.

Caleb versuchte dafür dankbar zu sein, dass er noch immer eine Arbeit hatte. Im Hinblick auf sein Grundstück und dessen Zukunft...nun...er hatte Zeit sich darum zu kümmern. Es war niederschmetternd zu erfahren, dass das Nachbargrundstück verkauft würde und dass niemand mehr vorhersagen konnte, was darauf gebaut werden würde. Caleb wusste, dass er sich auf das Positive konzentrieren musste und diese positive Haltung nach Hause zu Ann bringen musste. Er musste ein Beispiel sein. Er wollte es dieses Mal nicht vermasseln, indem er Gott nicht alles gab, was Gott wollte. Er wollte es dieses Mal richtig machen!

Plötzlich bemerkte Caleb, dass Angst vielleicht zum Glauben dazugehörte. Er sah, dass seine Angst für das stand, was er kontrollieren...und besiegen musste...um sich selbst...seinen Glauben zu beweisen. Nicht Gott, weil Gott sein Herz lesen konnte...sondern sich selbst...und Ann. Ohne die Angst, was konnte er Gott sonst anbieten? Mit der Angst konnte er etwas opfern. *Machte das Sinn?* Und während Caleb über diese Herausforderung nachdachte, fühlte er sich besser. Er kämpfte nicht gegen etwas Unbestimmbares wie zuvor. Er fühlte, dass er vielleicht jetzt eine bessere Ahnung von dem hatte, was er bekämpfen musste und wofür. Es machte alles einfacher zu ertragen. Er konnte seinem Goliath entgegentreten, wenn er Gott vertraute. Und so fuhr Caleb mit einer fröhlicheren und akzeptierenderen Einstellung nach Hause zu Ann und berichtete, was geschehen war.

Er entschied sich unterwegs anzuhalten, um Ann ein paar Blumen, vielleicht etwas Schokolade und eventuell auch noch eine Flasche ihres Lieblingsweins zu kaufen. Die Kinder wären wahrscheinlich schon im Bett, und auch wenn er spät dran war, würde Ann ihm noch sein Abendessen im Wärmeofen warmgehalten haben. Wenn es so wie immer liefe, wenn er spät dran war, würde sich noch mit einer Tasse Tee zu ihm an den Tisch setzen, während er aß. Er dachte an ihre liebevolle Art und er bat Gott darum, dass er ihr helfen, würde die Neuigkeiten zu akzeptieren.

Ann war sehr überrascht und erfreut über die Blumen und die Schokolade und öffnete gleich die Flasche Wein, um sie mit Caleb zu teilen, während er aß. "Was hat das für einen Grund, Caleb?", neckte Ann. "Hast Du ein neues Auto gekauft, eine neue Tonanlage, mit einem schönen Mädchen geflirtet und Dich schuldig gefühlt oder glaubst Du, Du hättest unseren Hochzeitstag vergessen?"

"Ja, alles davon!", antwortete er und lächelte sie an..."Aber vor allem, weil ich Dich liebe...und noch besser...ich habe gute Neuigkeiten für Dich...auch...wenn sie als schlechte Neuigkeiten getarnt sind!"

"Was? Gute Nachrichten, die als Schlechte getarnt sind? Nun, was könnte das heißen?"

"Ich hatte heute eine Art Epiphanie, Ann, es war, als würde der Heilige Geist mich lehren...mir sagen, dass wir unsere Prüfung annehmen sollen...weil wir sie bestehen *werden* und weil wir Satan austreiben *werden*. Obgleich ich bereits wusste, dass unsere Ängste von Satan verursacht werden, so habe ich doch plötzlich verstanden, dass Satans Zugriff auf uns durch diese Ängste deshalb passiert, weil wir noch nicht vollständig wissen, wie sehr Gott uns liebt. Wir verstehen noch nicht ganz, dass diese Art der Liebe und unsere egoistische Natur uns dazu bringen kann, Angst zu haben, dass Gott uns etwas wegnehmen will, obwohl wir wissen, dass Gott uns liebt und seinen Kindern gibt, was ihr Herz verlangt. Wir akzeptieren nicht, dass das was er nimmt, *uns zum Besten dient.* Aber ich habe auch erkannt, dass wir unsere Angst als ein Geschenk an Gott verwenden können. Ich meine…was können wir ihm schon geben? Wir haben nichts. Die Angst, jedoch, die wir haben, kommt von Satan, aber was ist, wenn wir es der Angst nicht erlauben, uns zu verletzen und sie deshalb *absichtlich und unberührt...ungebraucht...* Gott übergeben. Würde das nicht unser Vorhaben untermauern, dass wir überwinden wollen? Ich drücke mich vermutlich nicht deutlich genug aus...was ich sagen möchte ist, dass wenn wir unsere Angst als Tatsache akzeptieren *aber...* nicht zulassen, dass sie unsere Taten beeinflusst, gewinnen wir, Satan verliert und Gott lächelt!"

"Du meinst keine Angst vor unserer Angst?"

"Ja Ann...das ist es...gut gesagt...das trifft es. Wenn wir keine Angst vor unserer Angst haben, aber sie über uns hinweg fließen lassen und sie nicht in uns lassen, kann sie uns nicht verletzen und wir können uns darauf konzentrieren Gott vollständig mit unserem Leben zu vertrauen."

"Caleb was versuchst Du, vor mir zu verbergen? Es *gibt* etwas, das Du mir noch nicht gesagt hast, stimmt's?"

"Ja...aber ich weiß in meinem Herzen, dass das Ende für uns gut sein wird...kannst Du das auch glauben?"

"Du hast Deine Arbeit verloren!"

"Nein, ich habe meine Arbeit noch! Aber die Firma hat durch den Wirtschaftsabschwung finanzielle Probleme und ist daher am Umstrukturieren. Sie werden das Grundstück neben dem Einkaufszentrum verkaufen, wo sie ursprünglich den großen Lebensmittelmarkt, das Kino, das Bürogebäude und die größeren Restaurants geplant hatten. Das Grundstück ist, wie Du weißt neben dem, was wir kürzlich gekauft haben. Unsere einige Angst ist...bei der schlechten Wirtschaftslage...dass, wenn sie es zu billig verkaufen, jemand etwas darauf bauen wird, was weniger erstklassig ist...oder schlimmer noch, dass darauf ein Wohnhaus gebaut wird, das mit dem, was wir nebenan bauen wollten, in Konkurrenz steht...dann könnten unser Grundstück und unsere Pläne vielleicht nicht den Gewinn abwerfen, den wir erhofft hatten."

"Oh Caleb, wir haben jeden Cent in dieses Grundstück gesteckt und nun wissen wir nicht, ob wir unser Geld je wieder zurück bekommen oder ob nicht?"

"Ann, wie ich schon sagte, lass uns unsere Angst nutzen...lass sie uns betrachten, akzeptieren...und Gott übergeben. Ann, wir müssen...wir müssen...wir wollen diese Glaubensprüfung bestehen...richtig?"

"Oh Caleb, natürlich wollen wir das...aber das ist so schwer und so beängstigend...wir haben Kinder...dieses Haus und die Nebenkosten...wir haben das Darlehen für das neue Grundstück. Oh Caleb, was sollen wir tun?"

"Ann, das ist es ja...wir werden nichts tun...wir werden sitzen....beten...Gott vertrauen...unsere Angst ihm übergeben...und wir werden *nicht* zulassen, dass Satan unsere Angst in etwas verwandelt, das er gegen uns verwenden kann...in anderen Worten...*wir gewinnen diesen Kampf, wenn wir darauf vertrauen, dass das was passiert für uns gut sein wird.*"

"Können wir das, Caleb? Kann ich das? Ich will es...oh ich will es...aber ich denke an die Kinder...und ich..."

"Ann, übergib auch die Kinder an Gott und lass ihn entscheiden, welchen Weg wir in unserem Leben gehen. Ich habe auch Angst, aber wenn wir uns *beide* dazu entscheiden...zusammen können wir es...zusammen werden wir es schaffen...zusammen wird es besser gehen. Abgemacht?"

"Abgemacht! Wenn es für Dich so in Ordnung ist, dann ist es das auch für mich", antwortete Ann und rutschte zum Trost auf Calebs Schoß.

"Wenn wir uns wieder ängstigen, werden wir gemeinsam beten und uns gegenseitig durch alle Ereignisse...ob gut oder schlecht...hindurchtragen und Gott die Zeit geben, die es braucht, um uns dahin zu führen, wo er uns haben will."

"Okay Caleb, ich weiß, dass Du recht hast und dass Gott uns helfen wird...und um die Wahrheit zu sagen, es ist fast schon eine Erleichterung sich nicht sorgen zu müssen...loszulassen und Gott wirken zu lassen."

"Ich wette Ann, dass wir in sechs Monaten wieder lächeln können!"

Zwölftes Kapitel

GOTTES PLAN FÜR ALLE MENSCHEN

Eines Tages, ein paar Wochen später, kam Ann vom Einkaufen nach Hause und fand in ihrem Wohnzimmer zehn Männer vor. Sie war in der Stadt gewesen, um ein paar Schuhe zu kaufen, die zu Lorraines neuem Kleid passen würden, das sie geschenkt bekommen hatte. Die Männer waren gekommen, um den Ast zu entfernen und den Baum im Garten zu stutzen, der am Tag von Calebs Unfall von einem Blitz getroffen worden war. Sie spalteten das Holz und stapelten es sogar für Calebs Kamin auf. Als Ann ins Wohnzimmer kam, sah sie zehn glückliche Männer auf dem Fußboden ausgestreckt, die darauf bedacht waren, die Polsterungen nicht mit ihren verschwitzten Kleidern zu verunreinigen. Matt sprach. Er beantwortete offenbar eine Frage, die einer der anderen Männer gestellt hatte. Ann lehnte sich gegen den Türrahmen und hörte freudig zu. Sie wollte nicht bemerkt werden und hoffte, dass sie einfach weiter sprechen würden.

"Es ist beinahe unmöglich zu wissen, was Gott von uns will oder das Herz zu entwickeln, welches Gott liebt, wenn wir sein Wort nicht kennen und dadurch nicht verstehen, auf was wir achten müssen und wie wir die Mächte bekämpfen können, die daran arbeiten uns davon abzuhalten, alles zu werden, was Gott sich erhofft. Und wenn wir einen Feind haben, der die Macht hat, uns von Gott fernzuhalten und die Macht uns dazu zu verleiten uns gottlos zu verhalten, warum sollten wir dann *nicht* lernen wollen, wie wir gegen diesen Feind kämpfen können? Können wir gegen einen Feind kämpfen, von dessen Existenz wir nichts wissen? Immerhin ist er ein starkes, mächtiges, übernatürliches Wesen, das einst neben Gott saß. Er muss uns zerstören, um frei zu bleiben und er hat dabei Millionen von Helfern.

Er kennt die Heilige Schrift und Gottes Erlösungsplan und deshalb weiß er, dass er keinen Grund mehr haben wird, die Menschheit zu versuchen und dass er für tausend Jahre gebunden werden wird, sobald Gott die Anzahl der Seelen gefunden hat, die er sucht."

Josh gesellte sich hinzu und sagte: "Ja, was Matt sagt, stimmt und als Satan den Himmel verlies, nahm er ein Drittel aller Engel mit, die einst von Gott erschaffen worden waren, die ihm helfen sollten, gegen uns zu arbeiten. Diese Engel haben die Macht in uns einzudringen, in uns zu wohnen und zu verhindern, dass wir nach Gott suchen. Wir müssen erkennen, dass das etwas ist, was wir fürchten sollten und aus dieser Furcht heraus, müssen wir uns über den Feind erkundigen und lernen, wie wir uns und unsere Geliebten schützen können. Satan und seine Helfer wollen den Glauben der Kinder Gottes zerstören, deshalb warnt uns Lukas 11:26, *"Dann geht er hin und nimmt sieben andre Geister mit sich, die böser sind als er selbst; und wenn sie hineinkommen, wohnen sie darin, und es wird mit diesem Menschen hernach ärger als zuvor.""*

Caleb fügte dann hinzu: "Das ist eine deutliche Warnung, dass alle bösen Geister in unser Herz eindringen und darin wohnen können; sie können großen Schaden in unserem Leben anrichten und uns von Gott trennen. Aber wenn wir gläubig sind, wenn wir Gottes Wort und seine Leitung kennen, werden wir feststellen, dass Gott für uns sorgt, egal was passiert. Gott tröstet uns mit den Worten aus Lukas 11:11-13, in dem es heißt, *"Wo ist unter euch ein Vater, der seinem Sohn, wenn der ihn um einen Fisch bittet, eine Schlange für den Fisch bietet...viel mehr wird der Vater im Himmel den Heiligen Geist geben denen, die ihn bitten!"*

Wisst Ihr, Ann und ich sind der Angst und der Wut fast erlegen, die Satan uns allein durch den *möglichen* Verlust unserer Gesundheit, unserer Arbeit, unseres Hauses und allem Materiellen, eingeträufelt hat. Wir mussten uns zurückkämpfen! Wir mussten Gottes Wort erneut aufbereiten, um Gott zu erkennen, zu verstehen, was er uns sagt, welchem Übel wir gegenüberstehen und um zu sehen, was Gott uns anbietet...und um ihn zu bitten, uns zu helfen. Wenn uns bei unseren Gerichten und in unserem Rechtssystem die Unkenntnis der Gesetze nicht vor Strafe bewahrt, warum sollten wir dann von unseren Sünden oder unserem Unwillen Gottes Wort zu lernen und dem Streben danach, ihm zu gefallen im geistigen System entschuldigt sein?"

Wade, der dem in nichts nachstehen wollte, erklärte: "Richtig...es *gibt* keine Entschuldigung. Als Adam und Eva gegen Gott sündigten, indem sie nicht gehorchten, öffneten sie die Tür zu dem Fluch, der vom Menschen verlangt, dass er das Böse kennenlernt. Aber Gott hat dafür gesorgt, dass der Mensch, indem er das Böse kennenlernt, auch lernt, das Gute zu schätzen und aus dieser Erfahrung heraus hat der Mensch die Möglichkeit Gott und dessen Weg zu wählen...und alles Böse abzulehnen. Der Fluch, der dem Ungehorsam von Adam und Eva folgte, trennte den Menschen von Gott. Er wird *Erbsünde* genannt und deshalb hat Gott das Sakrament der Taufe gespendet. Gott hat auch für die Vergebung der Sünden gesorgt und den Heiligen Geist, um dem Menschen zu helfen, Satans Einfluss zu überwinden. Deshalb sind alle Menschen Sünder und nur durch das Opfer Christi können diese Sünden vergeben werden und der Mensch wieder in die Gemeinschaft mit Gott treten. Die Heilige Schrift spricht auch die Sünden unserer Vorväter an, was gleichbedeutend mit der Erbsünde ist, weil auch diese Sünden von Generation zu Generation weitergetragen werden. Das mag auch der Grund dafür sein, warum manche Familien nie verschiedene Familienmuster durchbrechen konnten, wie z. B. Alkoholismus, was vielleicht vom Großvater an den Vater und an den Sohn weitergetragen wurde. Nur wenn wir Gott bitten, uns zu reinigen und wenn wir uns dem Kampf stellen, zu überwinden, werden diese Muster oder Tendenzen durchbrochen. Deshalb spricht Gott in der Schrift immer und immer wieder davon, dass wir Überwinder sein und einen guten Kampf kämpfen müssen. Dass wir unsere Feine beobachten, füreinander beten und einander lieben sollen."

Alle Augen richteten sich dann auf Jim, der vor nicht all zu vielen Jahren darum gekämpft hatte, gläubig zu werden. Jim sagte: "Um uns vom satanischen Eigentum zu befreien und zu verhindern, dass wir dieses Eigentum durch unsere Sünden an unsere Kinder weitergeben, ist hat oberste Priorität, dass wir Gott in unserem Leben an erste Stelle setzen. Ein gutes Beispiel ist, dass unser Land immer gesegnet gewesen ist, weil wir Gott überall mit einbezogen haben, sei es im Schulgebet, bei der Ausstattung unserer öffentlichen Gebäude und sogar bei unserer Währung. Nun sind wir dabei, diesen Segen zu verlieren, weil ein paar Wenige die Anerkennung und Verehrung Gottes aus den öffentlichen Gebäuden verdammen wollen. Weil wir Gott nun aus der Gleichung streichen, wird das, was von unseren Vorfahren als *Segen* weitergereicht wurde, für künftige

Generationen zu einem *Fluch* werden. Wir werden derzeit deutlich Zeugen der *Generationssünde der Vorväter, indem wir beobachten*, wie der Glaube und die Familienwerte verloren gehen. Während wir den Drogenmissbrauch, den Alkoholismus, eine korrupte Regierung und die Unzahl der anderen Probleme sehen, die vom Großvater über den Vater and die Kinder gegeben werden. Es werden nun auch viele ungöttliche Aktivitäten als 'Krankheit' oder Teil der DNA akzeptiert, die nicht überwunden werden können oder dürfen, statt sie als die Sünde anzuerkennen, die sie sind. Aber die Wahrheit ist, dass Satan der Vater aller Aktivitäten und Verhaltensweisen ist, die uns den Segen, unseren Glauben, unseren Frieden und unsere Beziehung zu Gott rauben. Ohne Gottes Schutz und ohne zu lernen, was uns hilft das Böse zu bekämpfen, könnten wir nicht nur unseren Segen verlieren, sondern auch unsere ganze Zukunft mit Gott. Es ist unfassbar, was die Ungläubigen dieser Generation wegwerfen. Matthäus 23:33 warnt, *"Ihr Schlangen, ihr Otternbrut! Wie wollt ihr der höllischen Verdammnis entrinnen?"* Hesekiel 31:16 warnt, *"Ich erschreckte die Völker, als sie ihn fallen hörten, da ich ihn hinunterstieß zu den Toten, zu denen die in die Grube gefahren sind..."* Dieser Vers sagt uns, dass Satan nicht nur in die Hölle geworfen werden wird, sondern auch das andere ihm folgen werden. Dies schließt die bösen Geister mit ein, die mit Satan vom Himmel geworfen wurden, weil auch sie gegen Gott rebelliert hatten. Aber es schließt auch die 'Ziegen' ein, die die Schrift als diejenigen beschreibt, die weder akzeptiert haben, was Gott anbot, noch seinen Willen taten. Das könnten auch wir sein, wenn wir Gott nicht an erste Stelle in unserem Leben setzen."

Dann fragte Joe: "Aber wozu dieser ganze Kampf...ich meine, was kommt dabei raus...warum müssen wir da durchgehen?"

John, der älteste der Männer, versuchte es zu erklären: "Joe, wenn wir die Schrift lesen, wird uns der wunderbare Plan, der mit Gottes Wunsch für die Menschheit beginnt und endet, enthüllt. Gott, der wusste, dass der Mensch sündigen wird, hat dafür gesorgt, dass er Gut und Böse auseinanderhalten lernt, damit er aus freien Stücken heraus das Gute wählen und das Böse zurückweisen kann, damit er danach strebt, seine Sünden vergeben zu bekommen und mit Gott zu leben. Die Schrift lehrt uns, dass Gott sich danach sehnt, sein Königreich mit Seelen zu füllen, die sich wirklich gegenseitig lieben und die seinen Sohn und ihn über alles lieben. Matthäus 22:37-39 sagt, *"Jesus aber antwortete ihm: "Du sollst den Herrn deinen Gott leiben von ganzem Herzen, von ganzer Seele und von ganzem Gemüt. Dies ist das höchst und größte Gebot. Das andere aber ist dem gleich: "Du sollst deinen Nächsten lieben wie dich selbst."* Gott will, dass diese Seelen den Wert der Liebe, des Vertrauens, der Loyalität kennen und diese Attribute freiwillig praktizieren. (Johannes 14:23) Gottes Plan fängt damit an, dass er die Erde in ihrem begrenzten Universum schafft. Dann schuf Gott Adam und Eva, die glücklich im Garten Eden leben und mit Gott gehen und sprechen sollten. Aber der Engel Luzifer, später bekannt als Satan, rebellierte gegen Gott, weil er auf Christus und das neue Geschöpf, den Menschen, eifersüchtig war, die Gott über die Engel erheben wollte (Jesaja 14:12-15). Als Folge der Rebellion wurde Satan mit den Engeln, die ihm gefolgt und dadurch ebenfalls ungehorsam gegen Gott gewesen waren (Offenbarung 12:9), auf die Erde geworfen. Dies entsprach einem Drittel aller Engel. Satan kannte Gottes Plan und wusste, dass er für seine Tat in die Hölle geworfen und zusammen mit *allem* Bösen für immer gebunden werden würde, sobald Gottes Plan vollendet und die gewünschte Anzahl an gläubigen Seelen gefunden worden war. Um zu verhindern, dass Gottes Plan voranschritt, und um seine eigene Zerstörung zu verhindern, zerstörte Satan die Vertrauensbeziehung und Loyalität Gottes mit Adam und Eva, indem er sie zur Sünde durch den Ungehorsam anstiftete. Satan wusste, dass die Sünde den Menschen automatisch aufgrund der perfekten Gerechtigkeit Gottes von Gott trennen würde. Deshalb musste Gott Adam und Eva genauso verbannen, wie er einst Satan verbannt hatte (1. Mose 3:1 und 1. Mose 3:23). Aber Gott, der wusste was Satan tun würde, schuf für Adam und Eva und die folgenden Generationen eine Möglichkeit der Gefangenschaft Satans zu entfliehen und durch die Vergebung der Sünden zurückzukehren zu Gott. Deshalb gab sich Christus selbst als perfektes Opfer hin, durch das die Menschheit Vergebung finden konnte. (Johannes 1:29) Satan versuchte stets Gottes Pläne zu durchkreuzen und versuchte diejenigen zu zerstören, die Gott folgen wollten. Er wusste, dass er für immer gebunden werden würde, sobald Gott die Anzahl gläubiger Seelen gefunden hat, die er für sein neues Königreich wollte. Satan kämpft demnach um sein Leben, wenn er versucht uns zur Sünde anzutreiben. Doch durch die Liebe Gottes, werden viele, die von Satan versucht werden durch dessen Angriffe gestärkt, so wie das Gold geläutert wird, wenn es durchs Feuer geht. Aus diesen Gläubigen schafft Gott das, was die Bibel die Braut Christi nennt. Gott kümmert sich auch um diejenigen, die in Sünde gestorben sind, bevor oder, nachdem Christus sein Opfer gebracht hat, indem er die Möglichkeit schafft, dass auch in der Ewigkeit Zeugnis gebracht werden kann. Solange die Gnade also noch auf der Erde verfügbar ist, gibt es sie auch noch in der Ewigkeit. Christus betrat nach seinem Tod die Hölle, um denen Zeugnis von seinem Sieg zu bringen, die gestorben waren, bevor er sein perfektes Opfer bringen konnte (Lukas 24:46). Er sagte ihnen, dass sie nun Vergebung finden könnten. (1. Timotheus 2:4) Gott hat seinen Auserwählten eine gewisse Zeitspanne seines Erlösungsplans zugeteilt, innerhalb der sie bereit werden müssen (Apostelgeschichte 1:6-7). Wenn die Zeit abgelaufen ist, wird Gott seinen Sohn zur ersten Auferstehung zurück auf die Erde schicken (Offenbarung 20:5), bei der er sowohl diejenigen aus der Ewigkeit zu sich holen wird, denen vergeben wurde, als auch die Lebenden, die gläubig geblieben sind (2. Petrus 3:10). Wenn diese entrückt wurden, wird auch die Gnade verschwunden sein und die endgültige Zerstörung der Endzeit wird auf der Erde beginnen, bei der unter anderem ein Drittel aller Menschen sterben wird. Ist die Zerstörung beendet, wird Gott seinen Sohn erneut auf die Erde schicken mit denjenigen, die bei der ersten Auferstehung dabei gewesen waren. Sie werden himmlische (perfekte)

Körper haben und als Könige und Priester im tausendjährigen Friedensreich regieren und allen Lebenden und Toten Zeugnis bringen, die nicht bei der ersten Auferstehung entrückt worden waren.

Satan wird während dieser Zeit gebunden sein und die Menschen nicht beeinflussen können, sodass alle Menschen von Gott erfahren und ihn annehmen werden. Aber nach den tausend Jahren Frieden wird Satan erneut für eine kurze Zeit freigelassen werden, um diejenigen zu prüfen, die Gott angenommen haben (Offenbarung 20:7). Satan wird verheerenden Schaden bei denjenigen anrichten, die nicht fest in ihrem Glauben stehen und viele werden Gott verlassen und Satan erneut folgen (Offenbarung 20:2). Dann wird der Tag des Gerichts kommen, an dem *jeder* der je geboren oder empfangen wurde, gerichtet wird, außer denjenigen, die Christus bei der ersten Auferstehung entrückt hat. Manche dieser Menschen, die die Bibel 'Ziegen' nennt, werden mit Satan für immer in die Hölle gesperrt, während Andere, die 'Lämmer' genannt werden, in Gottes neuem Königreich leben dürfen, wo es weder Leid noch Tränen gibt. Die Ziegen, Satan und seine Engel werden in einem See aus Feuer, Schwefel und geworfen und bis in alle Ewigkeit gequält werden (Offenbarung

20:10 und 15). Und diejenigen, die bei der ersten Auferstehung entrückt worden waren, werden weiterhin als Könige und Priester im neuen Königreich regieren und in der Stadt Gottes wohnen. Über sie wird nie gerichtet werden, weil ihre Sünden vergeben und vollständig von Gott getilgt wurden. Es ist für uns auch wichtig zu wissen, dass Gott eine bestimmte Anzahl Seelen als Teil der Braut Christi erwählen wird. Dies wird in der Heiligen Schrift und auch in den Apokryphen erwähnt. In 4. Esra 2:40-41 heißt es: *"Sion, nimm deine Zahl an, und umfange die Deinen, so mit weißen Kleidern angethan seyndd, die das Gesätz des Herrn erfüllt haben. Die Zahl deiner Kinder, die du begehrest, ist erfüllt: Bitte den Herrn, daß dein Volck geheiligt werde, welches von Anbeginn beruffen ist.* Unser Verlangen als Christen ist es, auf die Vollendung von Gottes Werk auf Erden hinzuarbeiten, im Glauben, Liebe und Nächstenliebe daran zu arbeiten, für Wert befunden zu werden, ein Kind Gottes zu sein. Wir kennen Gottes Wort, zieht an das Rüstzeug Gottes, suchet Vergebung, strebt danach Überwinder zu sein und wartet geduldig, bis Gott seinen Erlösungsplan vollendet hat und seinen Sohn schickt. Wir tragen die Hoffnung im Herzen, dass Gott bald die letzte Seele findet. In Römer 8:25 heißt es, *"Wenn wir aber auf das hoffen, was wir nicht sehen, so warten wir darauf in Geduld.""*

"Meine Güte, davon habe ich noch nie etwas gehört", antwortete Joe. "Es *gibt* also einen Plan, und wenn ich dabei sein will, dann sollte ich besser an Bord gehen?"

"Du bist doch schon so gut wie an Board, Joe, Du hast es nur noch nicht gemerkt...Ich meine,...Du gehst mit uns zur Kirche...hörst zu, wie wir reden...glaubst, was wir sagen...Du hast es schon fast geschafft...Du musst im Prinzip Gott nur noch Dein "Jawort" geben!", Wade lachte..."Ja, weißt Du, das ist wie beim Heiraten!"

Die Männer lachten erneut und bemerkten plötzlich, dass Ann in der Tür stand und ihnen zuhörte. Sie begrüßten sie und Ann ging hinüber zur Feuerstelle, um sich zu setzen und als sie eine Tasse Tee in den Händen hielt, drehte sie sich zu Caleb um und fragte ihn, ob er den anderen bereits erzählt hatte, dass das Grundstück neben dem Einkaufszentrum zum Verkauf stand. Ann schlug vor, dass er es ihnen jetzt gleich sagen sollte. Sie hätte eine Idee, die alle interessieren dürfte.

Also fing Caleb an, den Männern zu erzählen, was die Firma, die gerade das Einkaufszentrum baute kürzlich bezüglich ihrer Zukunftspläne bekannt gegeben hatte. Als er fertig war, fing Ann an zu sprechen: "Jim und Wade, ihr seit doch große Bauträger und Architekten, Joe und Prediger, ihr beide arbeitet für Bauträger. Josh hat auch schon viel auf dem Bau gearbeitet. Kevin, Richard und Matt, ihr wisst sehr viel über Bankgeschäfte und Investitionen und John...Du hattest viele Jahre lang eine Steuerberatungsfirma...warum bündelt Ihr nicht Euer Fachwissen und kauft dieses Grundstück? Vor allem wisst Ihr ja, dass die Firma *gezwungen* ist, zu verkaufen, von daher könnte das ein *Schnäppchen* sein!"

"Ann, das ist eine großartige Idee!", erklärte Caleb.

Die Männer waren sofort aufgeregt dabei. Das wäre ein großartiges Projekt, selbst wenn sie das Grundstück nur kaufen und später wieder verkaufen würden, nachdem das Einkaufszentrum vollendet war oder auch nachdem Calebs Appartments gebaut waren, das Grundstück würde dann sicherlich einen guten Gewinn abwerfen!

Eine Stunde später sprachen die Männer noch immer über das Potenzial eines solchen Unterfangens und wen sie sonst noch dazu gewinnen, könnten eine Firma zu gründen, die dieses Grundstück kaufen würde. Ann musste sie nach Hause scheuchen, damit ihre Frauen nicht kommen und nach ihnen suchen würden!

Als die Idee Formen annahm, brachte Richard einen weiteren Arzt als Investor hinzu und sein Schwager, der als Makler für Gewerbeobjekte für sein Verhandlungsgeschick bekannt war. Richards Schwager machte seine Sache gut und brachte in Erfahrung, was die Banken benötigten, um die Investition wieder hereinzuwirtschaften und was die Firma brauchte, um keine weiteren Zahlungen tätigen zu müssen. Das Grundstück wurde nun als Leerverkauf angeboten und die Bank hoffte auf einen Bieterkampf. Weil sie aber bereits zuvor wussten, welche Konzessionen erlaubt sein würden und welche nicht, beinhaltete ihr Angebot die wenigsten Einschränkungen und das schnellste Abschlussdatum und deshalb nahm die Bank von ihrem Angebot Notiz. Schlussendlich grenzte der ausgehandelte Preis an ein Wunder.

Die Männer waren überglücklich und freuten sich auf das was die Zukunft im Hinblick auf diese neue Investition bringen würde. Sie hatten viele Optionen: Sie konnten das Grundstück verkaufen; sie konnten darauf bauen und es dann verkaufen; sie konnten es bebauen und vermieten; sie konnten bei Calebs Plänen für sein eigenes Grundstück mehr ins Detail gehen. Sie konnten die Kameradschaft genießen, viele Ideen für ihr Projekt zu entwickeln. Offenbar war eine neue Zusammenkunft notwendig und die Gruppe freute sich und dankte Gott für das, was er ihnen gebracht hatte und das Wunder, das das Problem in einen großen Segen gewandelt hatte!

Später, als Ann und Caleb zusammen im Wohnzimmer saßen, fingen sie an, über die Ereignisse der letzten paar Tage zu sprechen und darüber, wie sie es nie für möglich gehalten hatten, wie Gott ihre Gebete beantwortet hatte! Ann sagte: "Du hattest recht, Caleb...auch Angst kann zum Segen werden, wenn wir sie Gott geben und nicht zulassen, dass sie unseren Glauben berührt."

Caleb antwortete: "Ann wir sind so gesegnet, weil wir aus erster Hand erlebt haben, dass Gott *immer* einen Segen aus *allem* wachsen lässt! Es ist aufregend, daran zu denken, dass unsere ganze Gruppe aus Familie und Freunden bald wieder auf eine Reise gehen wird, auf der unser Glaube vielleicht auch wieder geprüft wird, was aber auch unsere Zukunft formen und unsere Beziehungen stark werden lassen kann. Und alles, was wir tun müssen ist, unser Bestes zu geben, nach Gottes Willen zu leben und ihm zu vertrauen!"

"Ja Caleb, aber dieses Mal, werden wir wissen, dass wir nicht glauben dürfen, dass geistig bereits wieder 'OK' ist und wir müssen die absolute Notwendigkeit anerkennen, dass wir Gott um Hilfe bitten müssen, damit wir unsere Mängel sehen und nicht darüber in Selbstgefälligkeit verfallen, auf welcher Stufe der geistigen Wachstumsleiter wir uns befinden!"

"Ja...das stimmt, und wir achten besser auf Satan und darauf, wie subtil er in unserem natürlichen Leben arbeitet...*vor allem, wie er die Verlustangst nutzt...*und wir arbeiten besser noch stärker daran Gott zu vertrauen, wenn die Dinge falsch zu laufen scheinen!"

"Oh Caleb, können wir das? Werden wir das können?"

"Ja Ann, weil wir beten werden, weil wir noch stärker daran arbeiten, werden in *allem* einen Segen zu sehen, auch in schlechten Dingen und wir werden uns gegenseitig bei diesem Streben unterstützen. Und nun haben wir gelernt, tiefer in unsere Herzen zu blicken, um zu erkennen, was *wirklich* darin wohnt. Wir werden uns künftig fragen: Sind wir egoistisch? Hängen wir zu sehr an unserem materiellen Besitz? Werden wir selbstgefällig? Stellen wir Gott wirklich über allem was wir haben, lieben und wissen?"

Und so beteten Ann und Caleb. Sie dankten Gott und baten ihn ihnen zu helfen, damit sie seine Gnadenhand künftig in allen Dingen erkennen konnten, damit sie immer für seinen Segen dankbar sein und sich daran erinnern würden, in sich hineinzusehen, um zu erkennen, wo sie weiterer Korrekturen bedurften.

Und Gott lächelte!

Biblisches Verzeichnis

1 Johannes 2:16 *"….. des Fleisches Lust und der Augen Lust.."* 124

1 Timotheus 3:6 *"….damit er sich nicht aufblase und dem Urteil des Teufels verfalle."* 124

2. Korinther 12:7-11   *"….ist mir gegeben ein Pfahl ins Fleisch...damit ich mich nicht überhebe."* 125

Matthäus 7:3-5 *"Was siehst du aber den Splitter in deines Bruders Auge und nimmst nicht wahr den Balken in deinem Auge?"* 125

Römer 8:28   *"...dass denen, die Gott lieben, alle Dinge zum Besten dienen.."* 137

Philipper 4:7   *""Und der Friede Gottes...bewahre eure Herzen und Sinne in Christus Jesus.."* 141

Johannes 14:27 *"Den Frieden lass ich euch, meinen Frieden gebe ich euch......"* 141

Philipper 4:13   *"Ich vermag alles durch den, der mich mächtig macht."* 141

Markus 14:34   *"Meine Seele ist betrübt bis an den Tod."* 145

Markus 14:39 *"..und er ging wieder hin und betete und sprach dieselben Worte."* 145

Matthäus 11:28 *"Kommet her zu mir, alle, die ihr mühselig und beladen seid; ich will euch erquicken."* 153

Philipper 4:19 *"Mein Gott aber wird all eurem Mangel abhelfen....."* 153

Hebräer 13:5   *"…. Seid nicht geldgierig und lasst euch genügen an dem, was da ist...ich will dich nicht verlassen und nicht von dir weichen."* 154

Matthäus 25:21   *"…. du bist über wenigem treu gewesen, ich will dich über viel setzen..."* 154

1 Korinther 15:58   *"Darum..seid fest...und nehmt immer zu in dem Werk des Herrn, weil ihr wisst, dass eure Arbeit nicht vergeblich ist..."* 155

Johannes 17:24, 25   *"Vater, ich will, dass wo ich bin, auch die bei mir seien, die du mir gegeben hast..."* 179

Matthäus 6:7   *"... Und wenn ihr betet, sollt ihr nicht viel plappern wie die Heiden; denn sie meinen, sie werden erhört...."* 179

Matthäus 7:7   *"Bittet, so wird euch gegeben; suchet, so werdet ihr finden; klopfet an, so wird euch aufgetan."*   180

Matthäus 6:26   *"....die Vögel...sie säen nicht, sie ernten nicht...und euer himmlischer Vater nährt sie doch...."* 181

Matthäus 10:29, 31   *"...zwei Sperlinge...dennoch fällt deren keiner...ohne euren Vater...so fürchtet euch denn nicht..."* 181

Matthäus 6:5   *"...und wenn du betest, sollst du nicht sein wie die Heuchler..."* 182

Jakobus 1:5   *"So aber jemand unter euch Weisheit mangelt, der bitte Gott, der da gibt einfältig jedermann...."* 183

5. Mose 11:13-14:   *"....dass ihr den Herrn...liebet...dienet...so will ich eurem Lande Regen geben...."* 183

Psalm 133:1   *"Siehe, wie fein und lieblich ist's, wenn Brüder einträchtig beieinander wohnen!"* 201

Kolosser 3:21   *"Ihr Väter erbittet eure Kinder nicht, damit sie nicht scheu werden."* 202

Hebräer 13:16   *"Gutes zu tun und mit anderen zu teilen vergesst nicht; denn solch Opfer gefallen Gott."* 202

Matthäus7:12   *"Alles nun, was ihr wollt, dass euch die Leute tun sollen, das tut ihnen auch...."* 202

Sprüche 16:24   *"Freundliche Reden sind Honigseim, trösten die Seelen und erfrischen die Gebeine."* 202

Sprüche 8:32 *"....Wohl denen, die meine Wege einhalten!"* 202

Prediger 12:14 *"Denn Gott wird alle Werke vor Gericht bringen...verborgen...gut...böse"* 203

Sprüche 29:23 *"Die Hoffart des Menschen wird ihn stürzen...."* 206

Markus 13:20 *"Und, wenn der Herr diese Tage nicht verkürzt hätte, würde kein Mensch selig..."* 214

1 Petrus 4:7 *"Es ist aber nahe gekommen das Ende aller Dinge..."* 214

1 Petrus 5:8 *"Seid nüchtern und wachet..."* 214

Johannes 14:27 *"Den Frieden lasse ich euch, meinen Frieden gebe ich euch..."* 217

2 Korinther 2:11 *"damit wir nicht übervorteilt werden vom Satan."* 217

Matthäus 25:21 *".....du bist über wenigem treu gewesen, ich will dich über viel setzen..."* 228

1 Korinther 13:11 *"Als ich ein Kind war, da redete ich wie ein Kind...."* 228

Offenbarung 2:11 *"....Wer überwindet, dem soll kein Leid geschehen von dem zweiten Tod.."* 228

Römer 12:2, *"...ändert euch durch Erneuerung eures Sinnes, damit ihr prüfen könnt, was Gottes Wille ist...."* 229

Galater 5:1 *"...lasst euch nicht wieder das Joch der Knechtschaft auflegen...."* 229

Offenbarung 2:26 *"Und, wer überwindet, und hält meine Werke...dem will ich Macht geben über die Heiden."* 229

Epheser 6:11 *"Zieht an die Waffenrüstung Gottes, damit ihr bestehen könnt gegen die listigen Anschläge des Teufels."* 230

Römer 13:12   *"Die Nacht ist vorgerückt...so lasst uns ablegen die Werke der Finsternis und anlegen die Waffen des Lichts."* 230

2. Korinther 6:7 *"...in dem Wort der Wahrheit, in der Kraft Gottes, mit den Waffen der Gerechtigkeit......"* 231

Epheser 6:13   *"....Deshalb ergreift die Waffenrüstung Gottes, damit ihr an dem Bösen Tag Widerstand leisten...könnt....."* 231

Offenbarung 7:13   *"......Wer sind diese, die mit den weißen Kleidern angetan sind?..."* 233

Offenbarung 7:14   *"....Diese sind's die gekommen sind aus der großen Trübsal und haben ihre Kleider gewaschen...im Blut des Lammes."* 233

Offenbarung 3:5 *"Wer überwindet, der soll mit weißen Kleidern angetan werden...ich will seinen Namen bekennen vor meinem Vater...,"* 234

Offenbarung 21:7   *"Wer überwindet, der wird es alles ererben, und ich werde sein Gott sein und er wird mein Sohn sein."* 234

Hosea 4:6:   *"Mein Volk ist dahin, weil es ohne Erkenntnis ist ..."* 237

1. Mose 3:1   *" Aber die Schlange war listiger als alle Tiere..."* 238

Matthäus 4:1   *"Da wurde Jesus vom Geist in die Wüste geführt...."* 238

Matthäus 4: 3   *"Und der Versucher trat zu ihm und sprach.."* 238

2 Thessalonicher 2:9   *"......mit großer Kraft und lügenhaften Zeichen und Wundern."*   238

Lukas 11:26   "Dann geht er hin und nimmt sieben andre Geister mit sich, die böser sind als er selbst... " 250

Lukas 11:11-13 *"Wo ist unter euch ein Vater, der seinem Sohn, wenn der ihn um einen Fisch bittet, eine Schlange für den Fisch biete?..."* 250

Matthäus 23:33 *"Ihr Schlangen, ihr Otternbrut! Wie wollt ihr der höllischen Verdammnis entrinnen?" 254*

Hesekiel 31:16 *"...Ich erschreckte die Völker, als sie ihn fallen hörten, da ich ihn hinunterstieß ..." 254*

Matthäus 22:37-39 *"....Du sollst den Herrn...lieben...und deinen Nächsten lieben wie dich selbst.." 255*

Johannes 14:23 *"Wer mich liebt, der wird mein Wort halten; und mein Vater wird ihn lieben..." 256*

Jesaja 14:12-15 *"..Du aber gedachtest.."Ich will in den Himmel steigen und meinen Thron über die Sterne Gottes erhöhen...hinunter zu den Toten fuhrst du, zur tiefsten Grube...." 256*

Offenbarung 12:9 *".....der große Drache...Satan wurde auf die Erde geworfen und seine Engel wurden mit ihm dahin geworfen.." 256*

1. Mose 3:1 *"Aber die Schlange war listiger als alle Tiere...."* 257

1. Mose 3:23 *"Da wies ihn Gott der Herr aus dem Garten Eden, dass er die Erde bebaute...." 257*

Johannes 1:29 *"...Siehe, das ist Gottes Lamm, das der Welt Sünde trägt...." 257*

Lukas 24:46 *"...So steht's geschrieben, dass Christus leiden wird und auferstehen von den Toten am dritten Tag...." 258*

1 Timotheus 2:4 *"...welcher will, dass allen Menschen geholfen werde...." 258*

Apostelgeschichte 1:6-7 *"...Herr, wirst du in dieser Zeit wieder aufrichten das Reich für Israel...es gebührt euch nicht, Zeit oder Stunde zu wissen..." 258*

Offenbarung 20:5 *"..die andern Toten aber wurden nicht wider lebendig, bis die tausend Jahre vollendet wurden...." 258*

2. Petrus 3:10 *"Es wird aber des Herrn Tag kommen wie ein Dieb..."* 258

Offenbarung 20:7 *"Und, wenn die tausend Jahre vollendet sind, wird der Satan losgelassen werden...."* 259

Offenbarung 20:2 *"...Und er ergriff den Drachen...und fesselte ihn für tausend Jahre...."* 259

Offenbarung 20:10, 15 *"...der Teufel, der sie verführte, wurde geworfen in den Pfuhl von Feuer und Schwefel...sie werden gequält werden Tag und Nacht...."* 260

4. Esra 2:40-41 *"...nimm deine Zahl an...die Zahl deiner Kinder, die du begehrest, ist erfüllt..."* 260

Römer 8:25 *"Wenn wir aber auf das hoffen, was wir nicht sehen, so warten wir darauf in Geduld."* 260

Literaturverzeichnis

The Holy Bible, King James Version, The New Apostolic Church Canada, Thomas Nelson, Inc., Camden, NJ, 1972

Die Bibel, nach der Übersetzung Martin Luthers, Deutsche Bibelgesellschaft, revidierte Fassung von 1984

James Strong, LLD, STD, *Strong's Exhaustive Concordance of the Bible*, Abington, Nashville, 34. Ausgabe 1996, Copyright 1890

Henry H. Halley, *Halley's Bible Handbook,* Zondervan Publishing House, Grand Rapids, Michigan, 24. Ausgabe, Copyright 1965

Henry M. Morris, *Many Infallible Proofs*, Moody Press, Chicago, 3. Ausgabe 1977

Henry M. Morris, *The Bible and Modern Science*, Moody Press, Chicago, 1951, 1968

Donald Grey Barnhouse, *The Invisible War,* Zondervan Publishing House, Grand Rapids, Michigan, 12. Ausgabe 1976 Copyright 1965

Robert Boyd, *Boyd's Bible Handbook*, Eugene, Oregon: Harvest House, 1983

Websters New Ninth Collegiate Dictionary, Mirriam-Webster, 1986

Roget's II The New Thesaurus, Houghton Mifflin Company, Boston, 1980, by the editors of *The American Heritage Dictionary.*

Über die Autorin

Helen Gumienny Glowacki ist Innenarchitektin, Schriftstellerin, Lehrerin und Motivationstrainerin. Sie war Gastgeberin, Autorin und Produzentin der Fernsehserie "The Contemporary Woman", einer Sendung der UA Columbia Cablevision. Ihre Referenzen als Schriftstellerin beinhalten einen umfassenden Werdegang als freiberufliche und fest angestellte Feuilletonistin bei vier Zeitungen und zahlreichen Newslettern und Zeitschriften.

Als Absolventin der William Paterson University, hat Helen einen Bachelor of Arts, magna cum laude, in Kommunikation. Sie hat auch einen Abschluss in Associate of Science mit Auszeichnung und ist eine examinierte Krankenschwester.

Helen spendet ihre Bücher an Krebszentren, Entzugskliniken, Gefängnisse und auch an die Missionsschulen von 'The Henwood Foundation', damit ihr Talent für das Schreiben anderen helfen kann, die Liebe und tröstende Gegenwart Gottes zu finden. Sie sendet auch E-books an diejenigen, die anderen Zeugnis bringen möchten. Helen hat eine Vielzahl christlicher Artikel geschrieben, die großen Anklang finden und eine Fülle an Einblicken in die Heilige Schrift beinhalten und zeigen, wie Gott unser Leben lenken möchte. Viele dieser Artikel sind auf Facebook und ihrer Website zu finden.

Diejenigen, die Helens Bücher rezensiert haben, empfinden die Schönheit der Geschichten in ihren Romanen und Sachbüchern als geistig erbauend und biblisch korrekt. Ihre größte Freude sind ihr Ehemann, ihre zwei Kinder und die vier Enkelkinder. Auch verbringt sie gerne Zeit mit ihrem neuapostolischen Glauben und in der kirchlichen Gemeinschaft.

Für weitere Informationen besuchen sie die Website der Autorin: www.helenglowacki.com, www.amazon.com oder schicken Sie eine Email an: helen@helenglowacki.com

Auszug aus dem Buch
"Do Our Little Sins Really Count?"
("Zählen unsere kleinen Sünden wirklich?")

Die meisten von uns denken, dass es die größeren Sünden sind, die Gott zählt und dass es einfach menschlich ist, kleinere Sünden zu begehen. Die Schrift aber sagt uns, dass Gott nach denjenigen sucht, die die perfekte Braut für seinen Sohn sind. Der Bräutigam, mit dem wir hoffen unsere Zukunft verbringen zu können, ist sich aber genauso unserer Fehler bewusst, wie unser Ehepartner, unsere

Kinder oder vielleicht auch unsere Freunde und er wünscht sich ebenso wie diese, dass wir die Fehler überwinden.

Deshalb *sind* unsere kleinen Sünden vielleicht doch wichtig und egal was wir tun, sagen oder denken, sollten wir unsere Taten im gleichen Licht beleuchten, wie der Herr Jesus das tun würde. Während wir uns sicher sein können, dass uns beim Wiederkommen des Herrn, um seine Braut zu holen, die Sünden vergeben werden, kann es sein, dass uns Sünden, für die wir keine Reue zeigen, nicht vergeben werden.

Die Schrift bezeichnet diejenigen, die Christus bei der Ersten Auferstehung mit sich nehmen wird als 'Überwinder'. Dieses Wort folgert, dass wir unsere Arbeit getan, unsere Sünden aufgedeckt haben und danach gestrebt haben 'zu gehen und fortan nicht mehr zu sündigen'. Es ist daher unser *streben* und unsere Herzenshaltung gegenüber der Sünde, was am meisten zählt. Matthäus 25:21 verspricht: *"...du bist über wenigem treu gewesen, ich will dich über viel setzen..."*

Do Our Little Sins Really Count ist das sechste Buch der "Why God Why" Miniserie von Helen Glowacki. Diese Sachbuchreihe ist einfach und verständlich geschrieben und besteht jeweils aus nur 126 Seiten, dennoch ist es vollgepackt mit Informationen, für diejenigen, die danach streben, mehr über Gottes Plan für sie zu erfahren.

Es ist eine weitere Pflichtlektüre für diejenigen, die vielleicht keine Zeit haben, die Heilige Schrift zu lesen und dennoch den Wunsch verspüren, zu verstehen, was Gott uns sagt und wie seine Worte der Unterweisung im Zusammenhang mit ihrer Zukunft stehen.

Beschreibungen der Romane
von Helen Glowacki
(Buchgröße ca. 15 x 23 cm)

**When God Broke Grandma's Heart**: (208 Seiten) Wiederauferstehend aus dem Leid, um ein Leuchttrum des Glaubens zu werden, kämpft Großmutter in einer gewalttätigen Ehe bis Gott sie zerbrochen vom fremden Joch, seiner heilenden Liebe und Vergebung zuführt. Ihre Enkelin Sarah lernt, wo sie Antworten auf ihre Probleme findet und trägt das Erbe an ihre Lieben weiter. **Taschenbuch: ISBN 978-0-9847-2110-8**

**When God Took Grandma Home**: (260 Seiten) Behandelt den Schmerz, den Drogenmissbrauch und der Feind, der Kinder durch Drogen zerstört, hervorrufen können. Es wird erklärt, warum Gott gerechten Zorn zulässt, warum wir für diejenigen in der Ewigkeit beten sollen und es beschreibt ein unfassbares Glaubenserlebnis das Matt und Sarah zu der Frage, warum Gott solches Leid zulässt, haben dürfen. **Taschenbuch: ISBN 978-0-49847-2111-5**

**When Grandma Chased the Spirits**: (208 Seiten) Die Anziehungskraft des Götzendienstes, seine unsichtbare Macht und der Schmerz, ein uneheliches Kind geboren zu haben, führen bei Mary zu schwächenden Angstzuständen und beeinträchtigt auch ihren Ehemann Kevin. Als Matt und Sarah ihnen von ihrem Glauben erzählen, bewirkt Gott ein Wunder, um das zu lösen, was sie nie für möglich gehalten haben. **Taschenbuch: ISBN 978-0-9847-2112-2**

The Granddaughter and the Monkey Swing: (284 Seiten) Eine Hochzeit, eine zerbrochene Verbindung, die Renovierung und Einrichtung eines Hauses nach göttlichem Verhältnis, die Wahrheit über Halloween, das Geschenk eines Vorbilds lassen diese zarte Freundschaftsgeschichte entstehen. Die Unterstützung bei der Planung und Problemlösung einer Hochzeit gipfelt in die Enthüllung eines Geheimnisses. **Taschenbuch: ISBN 978-0- 9847-2113-9**

The Story of God's Plan of Salvation: (277 Seiten) Diese wunderbare und skurrile Geschichte für alle Altersgruppen beginnt, als Sarah ein Manuskript in Großmutters Schreibtisch findet und erkennt, dass das die Geschichte ist, welche Großmutter ihr, Josh und Caleb als Kinder immer vorgelesen hatte. Engel beobachten die Bewohner unter ihnen, wie sie darum kämpfen, Gott zu finden. **Taschenbuch: ISBN 978-0- 9847-2114-6**

Abiding Faith, Hidden Treasure: (262 Seiten) Durch seinen Dienst im Irak verliert Jim seinen Glauben, als er sieht, wie viel Leid ein liebender Gott zulässt. Barbara lädt ihn zu einem Abendessen ein, bei dem Großmutter ihm zeigt wie die Schöpfung und Evolution koexistieren und wie Gottes Feind die Ungerechtigkeit schafft, die Jim Gott vorwirft. Briefe aus dem Grab bringen ein unglaubliches Glaubenserlebnis. **Taschenbuch: ISBN 978-0-9847-2115-3**

And Then They Asked God: (295 Seiten) Als Rebecca und Jayden im College anfangen, werden sie von einem Verrat übermannt. Rebecca fühlt sich so sehr schuldig, weil sie die Werte verliert, die ihr einst wichtig waren, dass sie sich nicht selbst vergeben kann. Chaldeth, der böse Engel, wird geschlagen, als Gottes Gnade Jayden befreit und Rebecca Genesung schenkt. **Taschenbuch: ISBN 978-0-9847-2116-7**

Caleb's Testimony/Calebs Zeugnis: (262 Seiten) Caleb hätte auf seine Fähigkeit Gott bedingungslos zu vertrauen Wetten abgeschlossen...bis zu seinem Unfall. Nun müssen er und Ann den Zorn Satans ertragen, der sie dazu bringen will, Gott die Schuld an ihrem Unglück zu geben. **Taschenbuch: ISBN 978-0-9847-2119-1.**

Die "Why God Why" Miniserie von Helen Glowacki

(Buchgröße ca. 14 x 20cm)

To What Purpose?: (126 Seiten) Das erste Buch der *Why God Why* Serie beantwortet die Fragen zum Thema, warum wir hier sind, was wir lernen müssen und was Gottes Plan für uns ist. Es ist ein wunderbares Buch zum Zeugnisbringen und eins, dass Sie mit anderen teilen werden.

Taschenbuch: ISBN 978-1-4507-7580-9

Why God, Why?: (126 Seiten) Dieses zweite Buch der *Why God Why* Serie beschreibt, warum wir Leid erleben, dessen Zweck und wie wir damit umgehen können. Es beantwortet die Fragen nach Gottes Plan für uns und was wir brauchen, um würdig zu werden.

Taschenbuch: ISBN 978-1-4507-7581-6

Why Trust Scripture?: (126 Seiten) Dieses dritte Buch der *Why God, Why* Serie spricht die Anfechtungen gegen die Heilige Schrift an, wer die Bibel geschrieben hat, die Wichtigkeit der Sakramente, die Rolle Satans und wie Gesundheit und die Bibel miteinander verknüpft sind.

Taschenbuch: ISBN 978-1-4507-7582-3

What Should I Know about Life after Death and the Coming Tribulation?: (126 Seiten) Was passiert nach dem Tod, was wird während der Trübsal passieren und was bedeuten die sieben Siegel für uns. All das wird in diesem vierten Buch erklärt.

Taschenbuch: ISBN 978-1-4507-7583-0

What Does God Want Me to do Right Now?: (126 Seiten) Eine prägnante Erklärung dessen, was Gott von uns will, wie wir seinen Erwartungen entsprechen können und was notwendig ist, um die Braut Christi zu werden und was Gottes Zukunftspläne mit und ohne uns sind.

Taschenbuch: ISBN 978-1 4507-9076-5

Do Our Little Sins Really Count?: (126 Seiten) Die meisten von uns glauben, dass die kleinen Sünden nicht wirklich zählen, aber die Schrift erklärt uns, warum sie es doch tun.

Taschenbuch: ISBN: 978-0-9847-2117-7

Bald im Handel

What Do Angels Do? (126 Seiten)   **Taschenbuch: ISBN: 978-0-9847-2118-4**

Sachbücher von
Helen Glowacki
(Buchgröße ca. 14 x 20cm)

Politically Incorrect: The Get Some Gumption Handbook For When Enough is Enough: (406 Seiten) Fünfzig zeitgenössische und kontroverse Themen werden unter dem Licht der politischen Korrektheit beleuchtet und mit dem verglichen, was uns die Schrift als Gottes Weg für seine Kinder aufzeigt.

Taschenbuch: ISBN 978-1-4507-9074-1

Overcoming Depression: How To Be Happy: (258 Seiten) Jeder von uns erlebt leid und wir alle sind von Zeit zu Zeit traurig. Aber Depressionen halten an und können viele Ursachen haben. Sie können uns die Hoffnung nehmen und unsere Beziehung zu Gott zerstören. Aber unser himmlischer Vater zeigt uns durch die Schrift, wie wir seinen Segen und seine Führung anzapfen können und aus Leid Freude werden lassen können.

Taschenbuch: ISBN 978-1-4507-9077-2

What No One Tells You About Addictions: (216 Seiten) Dieses Buch ist eine Pflichtlektüre, es behandelt den Lohn der strengen Liebe, die egoistische Coabhängigkeit des Auslösers, was uns die Heilige Schrift über den spirituellen Krieg, die Invasion und Erbsünde berichtet.

Taschenbuch: ISBN 978-1- 4507--9075-8

Wo ist unter euch ein Vater, der

seinem Sohn, wenn er ihn um einen

Fisch bittet, eine Schlange biete...

wie viel mehr wird der Vater

im Himmel den

Heiligen Geist geben denen,

die ihn bitten!"

Lukas 11:11-13

Buchrezessionen

Reverend (Bezirksapostel i.R.) Richard C. Freund, Präsident der Neuapostolischen Kirche USA, Sea Cliff, New York: Eine großartige Autorin, eine Geschichte, die den Leser emotional einbezieht, eine Freude zu lesen, starke christliche Werte *"When God Broke Grandma's Heart"*, hat Bestsellerqualitäten.

Reverend (Bezirksapostel i.R.) Richard C. Freund, Präsident der Neuapostolischen Kirche USA. Helens neuer Roman, *"When God Took Grandma Home"* macht glücklich, bringt Trauernden Trost. Inspiriert gibt Einsichten in das Leben nach dem Tod, meisterhafte Darstellung.

Reverend Andrew Muliokela: Neuapostolische Kirche in Alexandria, Virginia (USA), ehemals aus Zambia Afrika: *The Granddaughter and the Monkey Swing* und die gesamte Buchreihe sind fantastisch! Eine unvergleichliche Reise, ich habe einen großartigen Roman gelesen und viel über Zuversicht, Liebe und Unterstützung gelernt, aber gleichzeitig auch Bibelverse! Helen Glowacki lehrt durch ihre Bücher und ich empfehle sie zu 100 %. Die Reise wird ihnen gefallen!

Reverend Frederick Rothe, (i.R. Neuapostolische Kirche, New York, USA) Gemeinde Palm Beach Gardens, Florida (USA): Ich habe 48 Jahre Gott gedient und weitere 30 Jahre in der Gemeinde verbracht. Diese Bücher beschreiben sehr genau, was Gott von uns will und warum wir leiden. Die Anwendung der Heiligen Schrift und die Figuren in der Geschichte stehen für die Prinzipien, die Gott in uns allen sehen will.

Reverend Kevin Speranza, Neuapostolische Kirche, Palm Beach Gardens, Florida (USA): *And Then They Asked God* Ich freue mich sehr, dieses Buch gelesen zu haben, es verbindet und dokumentiert biblische Empfindungen, spricht politische Korrektheit, Moral und politische Korruption an, genauso wie voreingenommene Lehren, hinterlistiges Wachstum des Sozialismus, neumodisch Progressivismus, Selbstgefälligkeit, Schuld und schwächende Mächte. GUT GEMACHT! Es identifiziert Gefahren und spricht sie kunstvoll und biblisch an.

Reverend Luke Jansen, Sr. V. P., Medical Connections, Boca Raton, Florida (USA): "An Frau Glowacki, Autorin der **The Grandma** Serie: Ich bin dankbar für Ihre Bücher. Es ist erfrischend eine christliche Autorin zu finden, die den *Unterschied* zwischen Religion und Spiritualität erkennt UND weiß, dass beides im gleichen Atemzug genannt gehört.

Reverend Derryck Beukes, Gemeinde Montana-De Aar, Northern Cape, Südafrika: Liebe Helen, ich verwende Ihre Artikel oft bei der Seelsorge, vor allem, wenn sie Jugendliche betrifft. Ich kann Sie versichern, dass Ihre Artikel meine Denkweise verändert hat und dass ich daran arbeite, andere Priester zu ermutigen, ebenfalls Ihre Arbeiten zu lesen, da sie sehr sachlich und aufschlussreich sind! Danke für Ihre harte Arbeit. Ich danke Gott, dass es Sie gibt und für die Weisheit, die er Ihnen gegeben hat! Bitte führen Sie Ihre exzellente Arbeit fort.

Diakon Shadreck Wilima, Gemeinde Overspill, Ndola, Zambia: Ihre Artikel regen zu wahren Beispielen an, die neuapostolische Christen in ihrem täglichen Leben brauchen.

Jugendbeauftragter, Sonntagsschullehrer, Mulenga Ernest, Gemeinde Lusaka Central, Lusaka, Zambia: Durch Ihre Werke werde ich ständig daran erinnert, auf was ich achten muss. Ich bete, dass Gott Sie in seiner Hand hält, sie schützt und führt, damit Sie Ihre Geschwister so erreichen, wie Sie mich erreicht haben. Danke, dass Sie sich um die Seelen vieler bemühen.

Reverend Aurelio Cerullo, Gemeinde Atripalda in Campania, Süditalien: Liebe Helen, Ihre Bücher und Artikel und ihr soziales Netzwerk bringen Brüdern und Schwestern die Glaubensworte nahe und berühren die Herzen derer, die unseren Glauben nicht kennen. Unser Ziel ist durch die Gnade des Apostelamts gelegt und in diesem Sinne kommen den Worten aus 1. Korinther 15:58 besondere Bedeutung zu: *"Darum meine lieben Brüder, seid fest, unerschütterlich und nehmt immer zu in dem Werk des Herrn, weil ihr wisst, dass eure Arbeit nicht vergeblich ist in dem Herrn."* Nun, da ich seit ungefähr einem Jahr ein Amtsträger Gottes bin, bin ich unserem geliebten Vater im Himmel auch dankbar, dass er die Augen meiner Seele geöffnet und die Stopfen der Ohren meines Herzens entfernt hat, damit ich seinem Willen bezüglich der Kommunikation mit denen, die uns vorausgegangen sind, geführt vom Heiligen Geist höre. Gottes Werk entfaltet sich immer mit der Zeit und passt sich an und verbreitet sich sogar per Computer, Mobiltelefon und Smartphone. Ich danke Gott dafür, dass ich Sie kennenlernen durfte, sie sind eine wertvolle Perle. Gott möge Sie reich segnen.

Reverend Fred Krueger, (i.R. 12 Jahre lang lutheranischer Amtsträger und 26 Jahre klinischer Sozialarbeiter, Dallas, Texas (USA): "Inspirierend, berührt das Herz, die Autorin steuert auf die Bestsellerliste zu, eine Freude zu lesen, meisterhaft. *"When God Took Grandma Home"* ist angefüllt mit Einblicken in Gottes Plan!
HINWEIS: Die in Bezug genommenen Artikel dieser Kritiken sind Auszüge aus Helen Glowackis Sachbüchern. Nicht aufgeführt sind Kritiken der Amtsträger, welche die *Henwood Foundation* der neuapostolischen Missionsschule in Zambia beaufsichtigen und alle ihre Lesematerialien vor der Verteilung überprüfen.

Edith Stier, Ehefrau des Bezirksevangelisten i.R., Clifton, New Jersey (USA): *The Grandma Series* hilft Bedürftigen, inspirativ, herzerwärmend, die Ausgänge sind ein wunderbares Beispiel dafür, wie Gott unseren Schmerz erklärt, die Hoffnung erneuert, uns den Weg zeigt und Wunder schafft. Ich liebe diese Buchreihe.

Patricia Robinson, Ehefrau eines Rektors i.R., Indiana (USA): 5 Sterne: *When God Broke Grandma's Heart*: EIN WUNDERBARER UND INSPIRATIVER ROMAN, ich habe dieses Buch genossen, gut geschrieben, Bibelreferenzen, wie man inneren Frieden findet.

Rosemarie Schaal, Ehefrau eines Würdenträgers i.R., New York (USA): *Abiding Faith, Hidden Treasure:* Der Leser entwickelt Empathie, fühlt Emotionen, hört den Kampf zwischen wissenschaftlichem und geistigen Wissen. Geschickt, detailliert, brillant, lebendig, das Buch zeigt, das nichts ohne Gottes Plan passiert.

Colette van Loggerenberg, Ehefrau eines Amtsträgers, Scottsville Gemeinde Pietermaritzberg, Südafrika: *Grandma's Little Book of Poetry: The Story of God's Plan of Salvation:* Das muss eines der BESTEN Bücher sein, die ich je gelesen habe...wenn Sie je die Möglichkeit bekommen, einen Roman von Helen zu bekommen...LESEN SIE IHN. Die Bücher sind wie Märchen, aber wahre Märchen...Schließen Sie Ihre Augen und stellen Sie sich Folgendes vor: Großmutter mit hochgesteckten Haaren und Brille auf der Nase, sitzt sie im Schaukelstuhl, ihre Enkelkinder zu ihren Füßen hängen mit GROSSEN Augen an jedem ihrer Worte....aber umgekehrt!!! Wenn Sie am GEBET zweifeln, lesen Sie dieses Buch. ICH LIEBE ES...Danke!

Debbie Espeland, Ehefrau eines Pfarrers, Gemeinde Palm Beach Gardens, Florida (USA): 5 Sterne: *When God Took Grandma Home:* HERZERWÄRMEND! Dieses Buch hat mein Herz berührt. Es ist herzerwärmend und sehr spirituell.

Aletta Venter, Ehefrau eines Diakons, Gemeinde Scottsville, Pietermaritzburg, Südafrika: *"Grandma's Little Book of Poetry: The Story of God's Plan of Salvation".* Was für ein Lernprozess für mich. Oh, ich **liebe** es, wie die Engel diese Geschichte erzählen, **sehr einfallsreich!** Wann wird die Menschheit das erkennen? Die Menschen sollten von Gut und Böse lernen. Und jedes Mal haben sie miserabel versagt. Der Teufel hat seinen Plan und die Menschen sind das Ziel. Sie bitten Gott um Hilfe und die Engel freuen sich. Großartig...!!!

Aletta Venter, Ehefrau eines Diakons, Pietermaritzburg, Südafrika: *"Abiding Faith, Hidden Treasure"* ist der tiefgründigste und lohnenswerteste Roman, den ich je gelesen habe, er hat meine Seele berührt, mich zum Weinen gebracht, das Verständnis der Autorin über Gottes Werk ist beeindruckend, eröffnet das Mysterium.

Lisa Mayo, Ehefrau eines Amtsträgers, Gemeinde Palm Beach Gardens, Florida: Helens *Why God Why* Serie hat mir ein neues Verständnis meines Glaubens eröffnet. Die Bücher sind informativ, aufschlussreich und tiefgründig, aber auf eine verständliche Art und Weise!!

Tammera Shelton, M.S. Psychologie, Odenton, Maryland (USA): Ich empfinde *"When God Broke Grandma's Heart"* als inspirierend, das Buch beschreibt eindrucksvoll, wie negative Ereignisse losgelassen werden müssen, trotz der Ungerechtigkeit, kein Schmerz ist umsonst.

Robert W. Rothe, USMC 1970-1976, Nevada (USA): 5 Sterne: *When God Broke Grandma's Heart:* Hervorragende Autorin, das Buch hat mich gefesselt. Ein Engel, der gesendet wurde, um durch die Versuchungstage zu helfen. Danke, dass Sie mir geholfen haben Frieden zu finden.

Katharina Leipp, Schopfheim, Deutschland: Es ist das erste Mal, dass ich von einer weiblichen und neuapostolischen Schriftstellerin höre und ich bin von Ihren Artikeln sehr beeindruckt. Ich habe Ihren Link an meinen Hirten und meine deutschen Freunde geschickt und es würde mich freuen, wenn Sie in der Zeitschrift "Unsere Familie" eine Anzeige platzieren würden.

Claudine Visagie, Südafrika: Ich denke darüber nach, wie ich Helens Buch und Artikel anderen näher bringen kann...besonders den Jugendlichen. Ihre Werke verändern das Leben!

Rabecca Mukuta Mukato, Lusaka, Zambia, Afrika: Im Namen meines Vaters, Bezirksältesten Mukato, möchte ich Ihnen sagen, dass Ihre Artikel brillant sind, weil sie mich verändert haben! Durch Ihre Artikel hat mein Vater nun weniger Sorgen!

Robert Henry Parkes, Pietermaritzburg, Südafrika: Sie wurden mit der Gabe des Schreibens beschenkt und sind für andere sehr inspirierend. Gott benutzt Sie wirklich als besonderen Diener. Sie sind wirklich ein wunderbarer Mensch und wir danken dem Herrn, dass wir Sie als Glaubensschwester haben dürfen.

Frank Geores, aus Port St. Lucie, Florida (USA): "*When Grandma Chased The Spirits:* eine wunderbare spirituelle Erfahrung. Ich kann das liebende Herz und die fürsorgliche Natur der Autorin erkennen, sie enthüllt eloquent ihre Liebe zu Gott und die Suche nach Wahrheit. Das Buch ist es wert, hoch bewertet zu werden. Danke, dass Sie Ihr großartiges Geschenk teilen.

Ben Lodwick, Bücherwurm aus Brookfield, Wisconsin (USA): Wow! Es öffnet einen die Augen für Gottes Erlösungsplan und warum guten Menschen schlimme Dinge passieren. Es erinnert mich an Jim LaHaye und Jerry B. Jenkins "Left Behind Serie". MUSS man gelesen haben!"

Dr. Walter Forman aus North Palm Beach, Florida (USA): *Grandma's Little Book of Poetry: The Story of God's Plan of Salvation:* Ein "wunderbares Buch über Erfolg und Misserfolg im Leben. Alle Romane von Helen sind wunderbar, Balsam für die Seele und lehrreich für die Suchenden."

Susan Day, aus Jupiter, Florida (USA): *Abiding Faith, Hidden Treasure*: Ich möchte es gar nicht weglegen, konnte es kaum erwarten es zu lesen, ich habe alle Bücher von Helen gelesen, sie belegen jeden Punkt, zeigen was man durch Gottes Wort tun soll. Ich bin 90 und Helens Bücher haben mir geholfen Gott anzurufen.

Georgette Rothe, aus Fort Piece, Florida (USA): *Abiding Faith, Hidden Treasure* hielt mehr als ich erwartet hatte, ein Bibelkurs, der einen dazu bewegt seinen Glauben zu überdenken. Ich habe die Reise sehr genossen.

Fred D'Alauro, von Palm Beach Shores, Florida (USA): Internet 5 Sterne: *When God Took_Grandma Home:* Bemerkenswert! Inspirierend, bewegend. Faszinierende Geschichtenerzählerin mit einer wahren Botschaft.

Debra Forman, Chester, New York (USA). Internet Beurteilung 5 Sterne: *When God Broke Grandma's Heart:* Aus dem Herzen geschrieben, teilt starke Glaubensansätze, die uns heute bei Bedarf helfen, ein Mut, der den Leser gefangen nimmt. Danke.

Anonymous: Internet Beurteilung 5 Sterne: *When God Broke Grandma's Heart:* WENN DAS LEBEN EINEN ERDRÜCKT, SOLLTE MAN DIESES BUCH LESEN, es hat mich umarmt. Wunderbar zu lesen. Gratulation an eine inspirierende Arbeit.

Ein Kritiker, ein Leser aus Kentucky, USA: Internet Beurteilung 5 Sterne: *When God Broke Grandma's Heart:* Gut geschrieben, herzerwärmend, Herzeleid durch Gott überwinden, das berührt das Herz. Ein lesenswertes Buch für alle Generationen.
Ein Leser: Internet Beurteilung 5 Sterne: *When God Broke Grandma's Heart:* Eine Pflichtlektüre für alle Generationen. FANTASTISCH!

Ein Leser Internet Beurteilung 5 Sterne: *When God Took Grandma Home:* Bewegend und fesselnd.

Ein Leser aus Kentucky, USA: Internet Beurteilung: 5 Sterne: *When God Took Grandma Home:* Muss man gelesen haben! Eine bewegende Geschichte über die Tragödien des Lebens und wie die daraus gelernten Lektionen in einen Segen gewandelt werden können.

Beschreibung der Romanfiguren von Helen Glowacki

Großmutter: Großmutters Leben war von Geschwisterbetrug und einer gewalttätigen Ehe geprägt. Ihre Liebe zu Gott, ihre Hausmittel und Standhaftigkeit berühren das Herz.

Sarah: Sarah hilft Großmutter ihr Tagebuch zu schreiben, lernt dadurch von Gottes Erlösungsplan und den Feind, der ihr schaden will. Sie trägt das Glaubensvermächtnis ihrer Großmutter weiter.

Matt: Matt, Sarahs Ehemann, hat einen felsenfesten Glauben, aber als er einen geliebten Menschen verliert, kämpft er mit seiner Wut gegen Gott, bis er ein wundersames Glaubenserlebnis hat.

Paul: Paul ist Matts älterer Bruder, der eine Kapitänslizenz für einen Hochseeschlepper erhält. Sein Glaube stützt ihn trotz der schwierigen Umstände, die er erleben muss.

Mary und Kevin: Mary und Kevin werden Matt und Saras Nachbarn und Freunde. Marys Panikattacken hören auf, als Gott ein Wunder bewirkt, das sie nie für möglich gehalten haben.

Elizabeth: Elizabeth adoptiert Rebecca, verliert zwölf Jahre später ihren Mann und wird mit einer potenziell tödlichen Krankheit konfrontiert und sucht nach Rebeccas biologischer Mutter.

Rebecca: Rebecca ist Elizabeths Tochter und Jaycen's Freundin. Ihr Vater ist tot, die Krankheit ihrer Mutter und eine Reihe von Herausforderungen auf dem College zerstören sie beinahe.

John: John, ein Diakon, hat seine Frau an eine lähmende Krankheit verloren, er wird Elizabeths Freund und hilft seiner Tochter und seinem Enkel durch eine schwierige Scheidung.

Jayden: Jayden ist Johns Enkel und wird Rebeccas Freund. Er hat gelernt, dass beten hilft Probleme zu lösen und er und Rebecca fangen an, ihren Glauben zu teilen.

Wade und Ruth: Wade ist Jims Chef und Freund, der zwei Kinder aus dem Irak adoptiert hat. Ruth ist Jaydens Mutter und Johns Schwester, die sich schwer tut die Vergangenheit loszulassen.

Joshua und Debbie: Joshua, Sarahs jüngerer Bruder, war fordernd und wertend bis Caleb eingriff. Für Debbie ist Joshuas Familie ein Vorbild.

Caleb und Ann: Caleb ist der ältere Bruder von Sarah und Josh und die Familie sieht zu ihm auf wie einst zu Großmutter. Ann, Calebs Frau leidet unter einer versteckten Traurigkeit.

Barbara und Jim: Barbara, Matts Schwester ist auch Saras engste Freundin. Ihr Mann Jim spielt des Teufels Advokat in Familienstreitigkeiten und Heiratsvermittler für seinen Freund Wade.

Heza und Bara: Heza und Bara erlebten ein Selbstmordattentat, als Bare anderthalb Jahre und Heza gerade geboren worden war. Sie wurden von Wade adoptiert.

Chaldeth: Chaldeth ist ein gefallener Engel, der geschickt wurde, um Großmutters Familie zu zerstören. Er versucht Rebecca, Jayden und deren Familien zu schaden und ihren Glauben zu brechen.

Durk: Durk wurde von seinem grausamen Vater misshandelt, er ist Schüler des gleichen Colleges, das auch Rebecca und Jayden besuchen. Er schadet Rebecca und Jayden aber Jim gibt ihm eine zweite Chance.

Professor T. Nagorra, Emils und Dean Peerca: Diese drei ordentlichen Professoren befreunden sich mit Durk und befassen sich mit Aktivitäten, die den Studenten und dem Campus schaden.

Professor Doog, Sendnik und Präsident Legna: Diese drei Personen teilen ihren Glauben an Gott, die Liebe für ihr Land und den Wunsch Vorbilder zu sein. Sie helfen, den Campus zu retten.

Richard und Rachel: Richard ist ein Arzt, dessen Haus Caleb auf dem Grundstück neben seinem gebaut hat. Beide Paare teilen die göttlichen Werte und wurden dadurch Freunde.

Joe und Prediger: Beide Männer arbeiten in der Firma, die Caleb angeheuert hat, um die Arbeiten am Einkaufszentrum zu überwachen. Prediger versucht Joe immer zu erklären, was die Schrift sagt.